陶淵明

興膳　宏

講談社学術文庫

目次

陶淵明

*原文に付した○は平声の、●は仄声の韻字を示す。

陶淵明

第1章　帰ってきた陶淵明

陶淵明（三六五〜四二七）が十数年に及ぶ地方官の生活に見切りをつけて、廬山のふもとにある故郷の農村（現在の江西省九江市の西南）に帰ってきたのは、晋の安帝の義熙《ぎき》元年（四〇五）の冬十一月、数え年四十一歳のときのことだった。彼が経験した最後の官職は、郷里から近い彭沢《ほうたく》県という小さな町の町長（県令）である。彼自身が「帰去来の辞」の序で語っているところによれば、在任わずか八十余日という短さであった。辞任の直接の理由は、他家に嫁いでいた妹が武昌（湖北省）で亡くなり、その葬儀に駆けつけるためだったという。確かにそれもあろう。だが、もともと陶淵明は役人生活になじめなかった。彼はほんとうは、自分の心に辞任の決断を迫るきっかけを求めていたのではあるまいか。

彼が町長の職をなげうつに至った動機としては、次のような有名な逸話が『宋書』隠逸伝に収められる彼の伝記に記されている。町長に在任中に、上級の行政機関である郡から見回り役が派遣されてくることになり、彼は役目がら、礼装に身を正して出迎えなければならなくなった。すると淵明は、「我、五斗米のために腰を折って郷里の小人に向かう能わず」、つまり「たかがわずかな俸給のために、下っぱ役人にぺこぺこできるか」とたんかを切って、即刻辞表をたたきつけたというのである。真偽のほどは定かでないが、ありえなかった話ともいえない。晩年になって五人の息子たちに与えた手紙（「子の儼《げん》等《ら》に与うる疏」）に、「自分は頑固で不器用なので、しょっちゅう人と衝突した」と回顧しているほどだから、そんな事件があったとしても別に不思議ではない。しかし、いずれにしても、辞職の動機はもっと深いところにあった。

陶淵明にはいくつかの伝記があるが、それらによると、彼はそれまでにも何度か官職に就いては辞めるという経歴をもっている。また任官を求められながら、就任しなかったこともある。当時は、国家の情勢そのものが不安定で、常に動乱の可能性をはらんでおり、官に仕えたところで将来の確実な保証があるわけではない。それに、家柄がものをいう当時の貴族社会では、彼のように家格の低い階層の出身者にとって、出世の道は先が見えている。だが、とにかく彼のような士人は、官に就かぬことには食っていけなかった。伝記では、彼が最初に地方の教育関係のポストに就職した理由は、「親老い家貧し」だったという。妻や五人の息子をはじめとする少なからぬ家族を養うために、淵明は有無をいわず自分を殺して口過ぎの道を求めなければならなかった。

仕官はしたが、心には満たされないものが残る。誰もが自分と同じ状況にあることはもちろん分かっているが、やはりどうしても我慢できないところがある。それが仕官と辞任のくり返しとなって表われたのではないか。先にも引いた子どもたちへの手紙では、「こんな自分の性分を通せば、きっと世間に迷惑をかけることになるから、努めて世から身を遠ざけるようにし、幼いお前たちにひもじい思いをさせてきた」と述懐している。わがままとそしら

馬軾「帰去来辞図」より「征夫に問うに前路を以てす」（遼寧省博物館蔵）

ば、そしれ。陶淵明の詩によく描かれる、無心に空を渡る雲やねぐらへ帰る鳥のように、自然の懐に身を委ねつつ一切の掣肘《せいちゅう》を離れて生き、自ら鋤鍬《すきくわ》を取って生活の資を得ようと、彼はさまざまな経験を経たのちに、ようやく決断したのだった。

　そうした自らの心に忠実な生きかたを実践した人は、陶淵明のほかには当時ほとんど誰もいない。その意味で、彼は早く来すぎた人である。そして、同じことが彼の文学についてもいえる。陶淵明の生きた六朝時代の詩文は、きらびやかな修辞に包まれた技巧過剰の文学だった。そうした文学にも、もちろんそれなりの特色や意義はあるのだが、彼の文学は同時代のそれとはあまりにも異なった性格を備えている。第一に、ことさら難解な字句を用いず、実に平易だ。さらに、身の回りの細かな観察を通して、自然や人間の諸相を生き生きと描き出す。彼は同時代の人々からは、「古今隠逸詩人の宗《そう》」と評されて、一風変わったところだけが珍しがられたが、四百年後の唐代になって、白居易をはじめとする詩人たちに見いだされ、唐以前の最大の詩人として高い評価を得るようになった。むしろ陶淵明の文学が時代を先取りしていたとさえいえるかもしれない。

陶淵明から千六百年のちのわれわれにとっても、彼の文学は時代の変化を超えてなお新鮮な魅力をもちつづけている。人間らしく生きたいという真摯《しんし》な願い、現世を超越したユートピアへのあこがれ、そして死を正面から見つめる姿勢、彼の文学が扱うこれらのいずれもが、人間の永遠のテーマといえるであろう。

帰去来辞　帰去来の辞

ここには収めないが、「帰去来の辞」序の末尾に、「乙巳《いっし》の歳（義熙元年、四〇五年）十一月」と署されていて、陶淵明が四十一歳の年、県令の地位をなげうって郷里の家に帰ってきて間もなくの作と知られる。窮屈な役人暮らしに決別して、かねてからの念願だった田舎での自由な生活に入ることのできた喜びが、飾り気のない筆で率直にうたわれており、陶淵明の文学の基点を示す作品といってよい。変わらぬ節義を象徴する松と菊、解放された自由の境地を暗示する雲と鳥、人をやさしく受け入れてくれる農村の自然と人情、そして生命の変化に身を任せて生きようとする死生観など、陶淵明の文学に現われる諸特徴がすでにここに集約的にうかがえる。ただ、「帰去来の辞」はともすれば悟りすました隠遁者の心境の表白として見られがちだが、実は、社会と自分との葛藤に悩みつづけてきた孤独な人物の苦悩を、新生活の第一歩を踏み出すに当たって、かく生きたいという将来の願望の形で投影した作品と見るのがむしろ妥当ではあるまいか。「辞」は、韻文の一種で、詩と賦の中間的な形式をとる。四種の韻を用いており、換韻ごとに一つの段落を構成する。この篇は『文選』にも収められる。

帰去来兮
田園将蕪胡不帰○
既自以心為形役
奚惆悵而独悲○
悟已往之不諫
知来者之可追○
実迷途其未遠
覚今是而昨非○
舟遙遙以軽颺
風飄飄而吹衣○

帰りなんいざ
田園将《まさ》に蕪《あ》れんとす　胡《なん》ぞ帰らざる
既《すで》に自《みずか》ら心を以て形《かたち》の役《えき》と為す
奚《なん》ぞ惆悵《ちゅうちょう》として独《ひと》り悲しまん
已往《いおう》の諫《いさ》められざるを悟り
来者《らいしゃ》の追う可《べ》きを知る
実に途《みち》に迷うこと其れ未《いま》だ遠からず
今の是《ぜ》にして昨の非なるを覚《さと》る
舟は遙遙《ようよう》として以て軽く颺《あが》り
風は飄飄《ひょうひょう》として衣《ころも》を吹く

問征夫以前路　征夫《せいふ》に問うに前路を以てし
恨晨光之熹微○　晨光《しんこう》の熹微《きび》なるを恨《うら》む

【現代語訳】

いざ、帰ろう、
田園は荒れはてようとするのに、なぜ帰らない。
われとわが心を体のためにこき使ってきたのに、なぜくよくよとひとり悲しむのだ。
過去はいまさらどうにもならぬと悟り、未来はまだ追求できると知った。
道に迷いはしたがさほど遠くは来ていない、今が正しく以前は誤りだったと覚《さと》った。
舟ははろばろと軽やかに水面をすべり、風はひらひらとわが衣を吹き上げる。
道行く人に先の道のりを尋ねつつ、おぼろな朝の光がなんともじれったい。

■語釈

○帰去来兮　古来、「かえりなんいざ」と訓ぜられる。「去」「来」は、補助的な動詞。○蕪　雑草が生い茂って荒廃すること。○形役　「形」は、肉体。「役」は、使役すること。また、しもべ。序には、「嘗て人事に従いしは、皆な口腹に自ら役せらる」とある。○惆悵　憂い嘆くさま。語頭の子音を同じくする双声の語。○已往　過去。「悟已往之不諫」二句は、『論語』微子篇に見える、楚の狂接輿が孔子を風刺した歌、「鳳よ鳳よ何ぞ徳の衰えたる。往者は諫む可からず、来者は猶お追う可し」を暗に意識する。○不諫　改められない。○来者　未来。○遙遙　水面が遠く広がるさま。○飄飄　風の吹きつけるさま。〇征夫　旅人。〇晨光　朝日。〇熹微　光のかすかなさま。韻尾の母音を同じくする畳韻の語。

乃瞻衡宇
載欣載奔○
僮僕歓迎
稚子候門○
三逕就荒
松菊猶存○
携幼入室
有酒盈樽○
引壺觴以自酌
眄庭柯以怡顔○
倚南窓以寄傲
審容膝之易安○
園日渉以成趣

乃《すなわ》ち衡宇《こうう》を瞻《み》
載《すなわ》ち欣《よろこ》び載《すなわ》ち奔《はし》る
僮僕《どうぼく》　歓《よろこ》び迎え
稚子《ちし》　門《もん》に候《ま》つ
三逕《さんけい》　荒《こう》に就《つ》くも
松菊《しょうきく》　猶《な》お存す
幼を携《たずさ》えて室に入れば
酒有りて樽に盈《み》つ
壺觴《こしょう》を引きて以て自《みずか》ら酌《く》み
庭柯《ていか》を眄《なが》めて以て顔を怡《よろこ》ばす
南窓《なんそう》に倚《よ》りて以て傲《ごう》を寄せ
膝《ひざ》を容《い》るるの安んじ易《やす》きを審《つまび》らかにす
園《その》は日に渉《わた》りて以て　趣《おもむき》　を成し

門雖設而常関○
策扶老以流憩
時矯首而遐観○
雲無心以出岫
鳥倦飛而知還○
景翳翳以将入
撫孤松而盤桓○

門は設《もう》くと雖《いえど》も常に関《と》ざす
扶老《ふろう》を策《つえ》つきて以て流憩《りゅうけい》し
時に首《こうべ》を矯《あ》げて遐《はる》かに観る
雲は無心にして以て岫《みね》を出《い》で
鳥は飛ぶに倦《う》みて還《かえ》るを知る
景《ひ》は翳翳《えいえい》として以て将《まさ》に入らんとし
孤松《こしょう》を撫《ぶ》して盤桓《ばんかん》す

【現代語訳】

やっとわがあばら家が見えてくると、うれしくなって駆けだした。
召使いたちが喜んで出迎え、おさな子も門口で待っている。
庭の小道は荒れかけていても、松と菊とはそのままだった。
おさない子の手を引いて部屋に入ると、酒が樽になみなみと用意されている。
酒壺と杯を引き寄せ手酌で飲みながら、庭木を眺めてつい顔がほころぶ。
南の窓にもたれつつ心の高ぶるに任せ、狭いわが家のくつろぎやすさを実感した。
庭は毎日歩きまわって風情が整い、門はあるといっても常に閉ざしたまま。
籐の杖を手に歩いてはまた憩い、ときに頭を上げて遠くをながめやる。

雲は無心に山の峰から姿を現わし、鳥は飛びつかれて帰るときを心得ている。
夕日がおぼろな闇に沈みゆくころ、ひとりそびえる松をなでつつ立ちもとおる。

■語釈
○乃　やっと。ようやく。○衡宇　「衡」は、二本の柱の上に横木を渡しただけの粗末な門。冠木（かぶき）門。「宇」は、家の屋根。併せて質素な家をいう。○載～載～　～したり～したり。○僮僕　召使い。○稚子　おさない子ども。○三逕　庭の中の三本の小道。前漢の隠者蔣詡（しょうく）が、自分の庭に三本の小道を開き、親友の隠者二人とそこに遊んだ故事による。○壺觴　酒壺とさかずき。○眄　流し目に見やる。○庭柯　庭の木の枝。○寄傲　高ぶった胸中の思いのままに任せる。○審　はっきり確かめる。○容膝　膝を入れることができるくらいの狭い空間。○成趣　味わいが出てくる。「趣」を散歩の場所とする説もある。○扶老　老いを助けるものの意で、老人がつく籐の杖を指す。○流憩　歩きまわっては休む。○雲無心以出岫　「岫」は、山の峰。雲は山の穴から生まれ出ると考えられていた。○景　日光。○翳翳　ほの暗いさま。○孤松　ぽつんとそびえる松。松は厳しい寒さに耐えて緑を保つところから、操正しい生きかたのシンボルとされる。ここでは自分の姿が託されていよう。○盤桓　うろうろと歩きまわる。畳韻の語。

帰去来兮　　帰りなんいざ
請息交以絶游○　　請う　交わりを息《や》めて以て游《ゆう》を絶たん
世与我而相違　　世と我と相《あ》い違《たが》う

復駕言兮焉求○
悦親戚之情話
楽琴書以消憂○
農人告余以春及
将有事於西疇○
或命巾車
或棹孤舟○
既窈窕以尋壑
亦崎嶇而経邱○
木欣欣以向栄
泉涓涓而始流○
善万物之得時
感吾生之行休○

復《ま》た駕《が》して言《ここ》に焉《なに》をか求めん
親戚の情話を悦《よろこ》び
琴書《きんしょ》を楽しみて以て憂いを消す
農人《のうじん》　余に告ぐるに春の及ぶを以てし
将《まさ》に西疇《せいちゅう》に事有らんとす
或《ある》いは巾車《きんしゃ》を命じ
或いは孤舟《こしゅう》に棹《さお》さす
既《すで》に窈窕《ようちょう》として以て壑《たに》を尋ね
亦《ま》た崎嶇《きく》として邱《おか》を経《ふ》
木は欣欣《きんきん》として以て栄《えい》に向かい
泉は涓涓《けんけん》として始めて流る
万物の時を得たるを善《よ》みし
吾が生の行《ゆ》くゆく休《きゅう》するを感ず

【現代語訳】

いざ、帰ろう、

人づきあいはすっぱり断ち切ってしまうとしよう。
世間とわたしは生きかたがちがうのに、今さら世に出て何をするというのだ。
身内の者との情のこもった会話を喜び、琴と書とを楽しみつつ憂いを晴らそう。
農夫がわたしに春の訪れを告げ、西の田んぼで耕作が始まるという。
ときには幌をかけた馬車の用意をさせ、ときには一人で舟をこぎ出す。
小暗く深い谷に分け入ることもあれば、曲がりくねった山道をたどったりもする。
木々は楽しげに花を咲かせようとし、泉はさらさらと流れ出そうとする。
万物がよき時を得たことをめでつつ、わが人生が終わりに近づくのを感ずる。

■語釈

○游　「交」に同じ。つきあい。○相違　くいちがう。「違」は、「遺」に作るテクストもある。それならば、「互いに関わりがない」の意。○駕言　「駕」は、車に乗ることで、官に仕えることを意味する。「言」は、「われ」あるいは「ここに」と訓ずる。○情話　愛情のこもった話。○有事　農作業の始まりをいう。○西疇　西の田畑。○巾車　幌をかけた車。○窈窕　谷の奥深いさま。畳韻の語。○崎嶇　山道の険しいさま。双声の語。○欣欣　生き生きと楽しげなさま。○向栄　花を開かせようとする。○涓涓　水が細く流れるさま。○始流　水が溶けて水が流れ始める。○行休　「行」は、～になろうとする。「休」は、生命の休息で、死を意味する。

已矣乎　已《や》んぬるかな
寓形宇内復幾時○　形を宇内《うだい》に寓《ぐう》すること復《ま》た幾時《いくとき》ぞ
曷不委心任去留　曷《なん》ぞ心を委《ゆだ》ねて去留に任《まか》せざる
胡為遑遑欲何之○　胡為《なんす》れぞ遑遑《こうこう》として何《いず》くに之《ゆ》かんとす
富貴非吾願　富貴《ふうき》は吾が願いに非《あら》ず
帝郷不可期○　帝郷《ていきょう》は期す可《べ》からず
懐良辰以孤往　良辰《りょうしん》を懐《おも》いて以て孤《ひと》り往《ゆ》き
或植杖而耘耔○　或《ある》いは杖を植《つ》きて耘耔《うんし》せん
登東皐以舒嘯　東皐《とうこう》に登りて以て舒《おもむ》ろに嘯《うそぶ》き
臨清流而賦詩○　清流に臨《のぞ》みて詩を賦《ふ》さん
聊乗化以帰尽　聊《いささ》か化《か》に乗じて以て尽くるに帰《き》し
楽夫天命復奚疑○　夫《か》の天命を楽しみて復《ま》た奚《なん》ぞ疑わん

【現代語訳】

ああ、せんもなや、
この身を宇宙に寄せるのもいくときか、なぜ流れのままに心を任せないのだ。

なぜあたふたとせわしなく、いったいどこへ行こうというのか。
富も地位も願いはしないし、仙郷にも期待は抱かぬ。
よい日和を待ちもうけてひとり外に出、杖を片手に畑仕事にいそしもう。
東の丘に登っておもむろに口笛を吹き、清らかな流れを前に詩を作ろう。
変化の波に身を委ねて生の尽きるに任せ、かの天命を楽しみ何の疑いを持とうか。

■語釈
○寓形宇内　この宇宙に仮に身を寄せる。○曷　「何」に同じ。どうして。○去留　去ると留まると。死と生をいう。○胡為　「何為」に同じ。○遑遑　あわただしいさま。○帝郷　神仙の世界をいう。○良辰　天気の良い日。○耘耔　「耘」は、田の雑草を取り除く。「耔」は、作物の苗に土をかぶせる。○舒嘯　「舒」は、ゆるやかに。「嘯」は、口をすぼめて口笛のような音を出すこと。○賦詩　詩を作る。○乗化　自然の変化に任せて生きること。人間の生命は、自然の大きな変化の一環としてあると、淵明は考えていた。

帰園田居　其一　園田の居に帰る　其の一

故郷に帰った淵明が、田園生活のありさまと日常の心境を綴った五首の連作詩。帰郷の翌年の作とされる。ここでは、うち三首を収める。第一首は、窮屈な役人暮らしから解放されて、ようやく念願の自由な生きかたを達成できた喜びが語られ、「帰去来の辞」の境地に共通するところが多い。

少無適俗韻　少《わか》くして適俗《てきぞく》の韻《いん》無く
性本愛丘山○　性《せい》　本《も》と丘山《きゅうざん》を愛す
誤落塵網中　誤りて塵網《じんもう》の中《うち》に落ち
一去三十年○　一去《いっきょ》　三十年
羈鳥恋旧林　羈鳥《きちょう》旧林を恋い
池魚思故淵○　池魚《ちぎょ》　故淵《こえん》を思う
開荒南野際　荒《こう》を南野《なんや》の際《さい》に開かんと
守拙帰園田○　拙《せつ》を守って園田《えんでん》に帰る
方宅十余畝　方宅《ほうたく》　十余畝《ほ》
草屋八九間○　草屋《そうおく》　八九間《けん》
楡柳蔭後簷　楡柳《ゆりゅう》　後簷《こうえん》を蔭《おお》い
桃李羅堂前○　桃李《とうり》　堂前《どうぜん》に羅《つら》なる
曖曖遠人村　曖曖《あいあい》たり　遠人《えんじん》の村《むら》
依依墟里煙○　依依《いい》たり墟里《きょり》の煙《けむり》

狗吠深巷中　　狗《いぬ》は吠《ほ》ゆ深巷《しんこう》の中《うち》
鶏鳴桑樹巓○　　鶏《とり》は鳴く桑樹《そうじゅ》の 巓《いただき》
戸庭無塵雑　　戸庭《こてい》 塵雑《じんざつ》無く
虚室有余閑○　　虚室《きょしつ》 余閑《よかん》有り
久在樊籠裏　　久しく樊籠《はんろう》の裏《うち》に在りしも
復得返自然○　　復《ま》た自然に返るを得たり

【現代語訳】

若いころから世間づきあいが苦手で、もともと丘や山が性に合っていた。
まちがって俗世の網に落ち込み、それからたちまち三十年。
かごの鳥はもとの林を恋い慕い、池の魚は昔なじんだ淵をなつかしむ。
南の野原のあたりに荒れ地を開こうと、拙《つたな》い生きかたを守って田園に帰ってきた。
わが家の敷地は十畝あまり、草ぶきの庵には八つ九つの部屋がある。
楡《にれ》や柳が裏の軒に覆いかぶさり、桃や李《すもも》が座敷の前に立ち並んでいる。
おぼろにかすむ遠くの村々、人慕わしい村里の煙。
犬は深い路地裏で吠えたて、鶏は桑の木のてっぺんで鳴いている。
門や庭先は塵埃に汚されもせずに、ひとけのない部屋にはたっぷりとゆとりがある。

長らく鳥かごの中で過ごしてきたが、これで自然の生活に帰ることがかなった。

■語釈

○適俗韻　俗世間に適応する性格。○丘山　自然に包まれた生活を象徴する。○塵網　塵にまみれた網の意で、俗世ことに役人生活をいう。○三十年　陶淵明が最初に仕官したのが二十九歳の年であり、それから隠退に至るまでちょうど十三年なので、「三十年」は「十三年」の誤りだとする説がある。しかし、三十年は一世代を意味しており、あっという間に一つの時代が過ぎてしまったという意に解したい。○拙　世渡り下手の拙い生きかた。淵明の常用語。○方宅　宅地を正方形で計算した面積。○畝　面積の単位。一畝は、約五アール。「十余畝」は、ころあいのゆとりのある広さをいうのであろう。○八九間「間」は、柱と柱の間をいい、一間が一部屋に相当する。○後簷　家の後ろの軒。○曖曖　ぼんやりとかすむさま。○依依　心ひかれるさま。○墟里　むらざと。○狗吠深巷中二句　楽府古辞の、「鶏は鳴く高樹の巓、狗は吠ゆ深宮の中」にもとづきつつ、平均的でのどかな農村風景を描く。「桃花源の詩 并びに記」参照。○虚室『荘子』人間世篇の、「彼（か）の闋（と）ざせる者を瞻（み）れば、虚室に白（はく）を生ず」にもとづき、家のありさまを示すとともに、また作者の心のありかたを象徴する。○樊籠　鳥かご。窮屈な役人生活にたとえる。○自然　人工を加えぬあるがままの世界、あるいは生きかた。

其二　其の二

隠棲後の日常生活のさまを描く。近隣の農民とともに農事にいそしみながら、ひとり思索に時間を過ごすこともある日々がうかがえる。

野外罕人事●
窮巷寡輪鞅●
白日掩荊扉●
虚室絶塵想●
時復墟曲中●
披草共来往●
相見無雑言●
但道桑麻長●
桑麻日已長●
我土日已広●
常恐霜霰至●
零落同草莽●

野外《やがい》　人事罕《まれ》に
窮巷《きゅうこう》　輪鞅《りんおう》寡《すく》なし
白日《はくじつ》　荊扉《けいひ》を掩《おお》い
虚室《きょしつ》　塵想《じんそう》を絶つ
時に復《ま》た墟曲《きょきょく》の中
草を披《ひら》きて共に来往す
相《あ》い見て雑言《ざつげん》無く
但《た》だ道《い》う桑麻《そうま》長ずと
桑麻　日びに已《すで》に長じ
我が土《ど》　日びに已に広し
常に恐る　霜霰《そうさん》の至りて
零落《れいらく》　草莽《そうもう》に同じからんことを

【現代語訳】

田舎暮らしは人づきあいも少なく、路地裏のわが家には馬車もめったに訪れぬ。
昼間から柴の戸を閉ざしたまま、ひとけのない部屋で俗念を絶つ。

折々に村里の中を、草をかき分けて村人と行き来する。顔合わせてもむだぐちはきかず、挨拶はただ「桑や麻が伸びたな」とだけ。桑や麻は日に日に伸び、開墾した田は日に日に広がってゆく。気にかかるのは霜や霰に襲われ、枯れはてて草むら同然になってしまうこと。

■語釈
○野外　町の外の地域。田舎。○人事　人間関係。○窮巷　其の一の「深巷」と同じく、路地裏の住みかをいうが、「窮」は貧窮の意を含む。○輪鞅　「輪」は、車輪。「鞅」は、馬の首に着けるむながい。二字で馬車を指す。○荊扉　粗末な門。○虚室　其の一に既出。○塵想　俗世間の塵にまみれた考え。○墟曲　「墟」は、其の一に見える「墟里」で、村落の意。「曲」は、奥まったところ。○披草　茂った草をかき分ける。○雑言　とりとめもないおしゃべり。○我土　自分が切り開いた土地。○零落　草木のしぼみ落ちること。レイ・ラクと、同子音の字を連ねる双声の語。○草莽　草むら。

其五　其の五

念願の田園生活に入ったとはいっても、生きることの意味をつきつめて考えていれば、時には気分の落ちこむこともある。そんなとき、近隣の村人を招いて、思いきり飲み明かす。あり合わせの材料を使ったささやかなもてなしだが、心の通いあう楽しいうたげで、つい時のたつのも忘れてしまった。

悵恨独策還　悵恨《ちょうこん》して独《ひと》り策《つえ》つきて還《かえ》る
崎嶇歴榛曲●　崎嶇《きく》として榛曲《しんきょく》を歴《へ》たり
山澗清且浅　山澗《さんかん》　清く且《か》つ浅く
可以濯吾足●　以て吾が足を濯《あら》う可《べ》し
漉我新熟酒　我が新たに熟《じゅく》せし酒を漉《こ》し
隻鶏招近局●　隻鶏《せきけい》もて近局《きんきょく》を招く
日入室中暗　日入りて室中《しっちゅう》暗く
荊薪代明燭●　荊薪《けいしん》もて明燭《めいしょく》に代《か》う
歓来苦夕短　歓《かん》来たれば夕《ゆうべ》の短きに苦しみ
已復至天旭●　已《すで》に復《ま》た天旭《てんきょく》に至る

【現代語訳】
心結ぼれひとり杖ついて帰ってくる、うねりくねった藪中の山道を通って。
山あいの谷川は清らかで浅く、わが足を洗うのにちょうどよい。
できたての自家製の酒を漉《こ》し、鶏を一羽つぶして近隣の衆を招いた。
日が沈むと部屋の中は暗く、たきぎを灯してろうそくの代わりとする。

気分が高まると夜の短さが恨めしい、いつの間にかはや朝になっていた。

■語釈

○悵恨　悩み恨む。○崎嶇　うねうねと険しく曲がるさま。双声の語。○榛曲　榛は、灌木の類。○山澗　山間を流れる渓流。○可以濯吾足　「足を濯う」とは、役人生活をやめて、俗界から身を引くこと。『楚辞』漁父篇に、「滄浪の水（川の名）清ければ、以て我が纓（冠のひも）を濯う可く、滄浪の水濁らば、以て我が足を濯う可し」とあるのにもとづく。濁流ではなく、清流で「足を濯う」のが、典拠の意とちがった皮肉な味わいを持たせる。○隻鶏　「隻」は、助数詞。一羽のにわとり。○近局　隣近所。「局」は、限られた狭い地域の意。○荊薪　雑木で作ったたきぎ。○旭　あさひ。

飲酒　其一　酒を飲む　其の一

陶淵明が愛してやまなかった酒にことよせて、胸中に去来する折々のさまざまな思いをうたった連作の詩。全二十首。隠退後の作と考えられるが、制作の時期はかなり長期にわたるとおぼしい。冒頭に次のような短い序がある。「余　閑居して歓《よろこ》び寡《すく》なく、兼ねて比《ちかごろ》夜已《すで》に長し。偶《たま》たま名酒有り、夕《ゆうべ》として飲まざる無し。影を顧みて独り尽くし、忽焉《こつえん》として復《ま》た酔う。既に酔いし後は、輒《すなわ》ち数句を題して自ら娯《たの》しむ。紙墨《しぼく》遂に多く、辞に詮次《せんじ》無きも、聊《いささ》か故人に命じてこれを書かしめ、以て歓笑を為さんのみ」。この序は、二十篇が一つのまとまりを成したのちに付されたものであろう。ここには、六首を収める。

衰栄無定在　　衰栄《すいえい》　定在《ていざい》無く
彼此更共之○　彼此《ひし》　更《こも》ごも之《これ》を共にす
邵生瓜田中　　邵生《しょうせい》　瓜田《かでん》の中
寧似東陵時○　寧《なん》ぞ東陵《とうりょう》の時に似ん
寒暑有代謝　　寒暑　代謝《だいしゃ》有り
人道毎如茲○　人道　毎《つね》に茲《か》くの如《ごと》し
達人解其会　　達人は其の会《かい》を解し
逝将不復疑○　逝《ゆ》くゆく将《まさ》に復《ま》た疑わざらんとす
忽与一樽酒　　忽《たちま》ち一樽《いっそん》の酒と
日夕歓相持○　日夕《にっせき》　歓《よろこ》びて相《あ》い持《じ》す

【現代語訳】
ものごとの盛衰には決まった定めがなく、人はこもごもそれを経験する。畑で瓜作りに精出すあの邵平《しょうへい》に、東陵の殿さま時代の面影がどこにあろう。

暑さ寒さはつぎつぎと替わるが、人の世のことわりもまた同じこと。
達人はその極意を会得していて、さきざき少しも疑うところがない。
ふとありついた一樽の酒を相手に、今宵は楽しく過ごすことにしよう。

■語釈
○定在　定まった在り場。○彼此　かれこれの人。○邵生　秦の邵平。かつて東陵侯だったが、秦が滅びたのちは、庶民となって、長安の東の城外で瓜作りをなりわいとした。○人道　人間世界の道理。○会　肝心かなめのところ。○逝　ここでは行と同じ意。○日夕　夕方。○持　同じ状態を保ちつづけること。

其四　其の四

群れをはぐれた孤独な鳥がねぐらをもとめてさすらいつづけ、ようやく一本の松の木を見いだした。この迷える鳥は作者のシンボルであろうし、その鳥がねぐらと定めた松もまた、淵明自身の分身的な存在である。松は、『論語』子罕《しかん》篇に「歳寒くして、然る後に松柏の彫《しぼ》むに後《おく》るるを知る」といわれるように、節操の正しさを象徴するが、それゆえに孤独でもある。「帰去来の辞」をはじめ、鳥と松は陶淵明の文学に頻出するイメージである。

栖栖失羣鳥
日暮猶独飛○
徘徊無定止
夜夜声転悲○
厲響思清遠
去来何依依○
因値孤生松
斂翮遙来帰○
勁風無栄木
此蔭独不衰○
託身既得所
千載不相違○

栖栖《せいせい》たり　失羣《しつぐん》の鳥
日暮《にちぼ》　猶《な》お独《ひと》り飛ぶ
徘徊《はいかい》して定止する無く
夜夜《よよ》　声転《うた》た悲し
厲響《れいきょう》　清遠を思い
去来　何ぞ依依《いい》たる
孤生《こせい》の松に値《あ》えるに因《よ》り
翮《つばさ》を斂《おさ》めて遙《はる》かに来たり帰る
勁風《けいふう》に栄木《えいぼく》無きも
此の蔭《かげ》　独り衰えず
身を託すに既《すで》に所を得たり
千載《せんざい》　相《あ》い違《たが》わざれ

【現代語訳】

群れをはぐれた鳥が一羽ばたばたと、日が暮れてもなお飛びつづけている。さまよって落ちつく場所もなく、夜ごとにその声は悲しみを増すばかり。

鋭い声あげてきよらな遠い地を思い、行きつ戻りついかにも慕《した》わしげだ。
ひとりそびえる松の木にめぐり会えて、羽をつぼめてはるばる帰ってきた。
強い風が吹きつけて木の緑が失われても、この木陰だけは衰えを知らない。
身を寄せるところを手に入れたからには、いついつまでも離れるでないぞ。

■語釈
○栖栖　せかせかと落ちつかぬさま。○徘徊　あちこちをさまよう。畳韻の語。○転　いっそう、ますます。○厲響　激しく鋭い鳴き声。○依依　慕わしげなさま。○勁風　寒い季節に吹きつける強い風。○栄木　茂った木。○千載　千年。長い時間を意味する。○相違　離ればなれになる。

其五　其の五

「飲酒」二十首の中で、最もよく知られる一篇。『文選』にも、「雑詩」と題して収められる。冒頭で、淵明の意図する隠逸が、山中などで俗世間とは没交渉に生きる伝統的な隠者のイメージとはちがうことをまず宣言する。日常の体験のありありとした描写を通して、彼の考える真実が身近なこの状況の中に存在することを暗示的に述べる結びは、禅味に通ずる境地さえ感じさせる。

結廬在人境○　廬《いおり》を結びて人境《じんきょう》に在り
而無車馬喧○　而《しか》も車馬の喧《かまびす》しき無し
問君何能爾　君に問う　何ぞ能《よ》く爾《しか》るやと
心遠地自偏○　心遠ければ地も自《おの》ずから偏《へん》なり
采菊東籬下　菊を采《と》る　東籬《とうり》の下《もと》
悠然見南山○　悠然《ゆうぜん》として南山を見る
山気日夕佳　山気《さんき》　日夕《にっせき》に佳《よ》く
飛鳥相与還○　飛鳥《ひちょう》　相《あ》い与《とも》に還《かえ》る
此中有真意　此の中《うち》に真意有り
欲弁已忘言○　弁ぜんと欲《ほっ》して已《すで》に言《げん》を忘る

【現代語訳】

わたしは人里に庵を構えたのに、なんと車馬のうるさい音がない。お尋ねするが、なぜそうなれるのか。心が遠いと土地もおのずと辺鄙になるさ。東の垣根で菊を摘んでいると、ゆったりと南山の姿が目に映る。山のたたずまいはたそがれてすばらしく、飛ぶ鳥はうちつれてねぐらへ帰る。

この中にこそ真実の姿がある、それを説き明かそうとして、はやことばを失っていた。

■語釈
○**人境**　人の住む里。隠者が住む山中ではなく、世俗の世界に居を構えることをいう。○**而**　逆説の助字。それなのに。○**車馬**　役人の乗り物。○**問君何能爾二句**　作者の自問自答の形をとる。爾は、然に同じ。○**悠然**　山のたたずまいと、それをながめる作者の心境を形容する。○**南山**　廬山のこと。陶淵明の住む九江の南に位置するので、かくいう。○**山気**　山をとりまく雰囲気。○**此中**　上に描いた自然の情景。○**真意**　真実なるもののありかた。○**弁**　論理的に分析する。

其七　其の七

田園に帰隠してのちの日々の生活と心境をうかがわせる一篇。酒杯を口に含みながら、静かに自分の生きかたを見つめる姿が彷彿とする。末句の「聊か復た此の生を得たり」は、今日もまたかく生きてあったという、ささやかな満足感を示している。

秋菊有佳色　秋菊《しゅうきく》　佳色《かしょく》有り
裛露掇其英○　露に裛《うるお》いて其の英《えい》を掇《つ》む
汎此忘憂物　此の忘憂《ぼうゆう》の物に汎《う》かべ

遠我遺世情○
一觴雖独進
杯尽壺自傾○
日入群動息
帰鳥趨林鳴○
嘯傲東軒下
聊復得此生○

我が世を遺《わす》るるの情を遠くす
一觴《いっしょう》　独《ひと》り進むと雖《いえど》も
杯《さかずき》　尽《つ》くれば壺自《つぼおの》ずと傾く
日入りて群動息《ぐんどうや》み
帰鳥　林に趨《おもむ》きて鳴く
嘯傲《しょうごう》す　東軒《とうけん》の下《もと》
聊《いささ》か復《ま》た此の生を得《え》たり

【現代語訳】

秋の菊花は色うるわしく、露を含んだその花びらをつむ。憂いを忘れる酒に浮かべて、俗世を忘れる情はいよいよ遠い。杯ひとつを手に一人で飲むが、杯の酒も尽きて壺はおのずと傾く。日が沈むと物音もひそまり、帰りゆく鳥は林に向かいつつ鳴く。東の軒先で口笛を吹きながら、生きていたなあとつくづく思う。

■語釈

○秋菊　菊は美しさをめでるだけではなく、この詩で見るように食用にも供された。菊花を浮かべた酒は、また長生の薬効があるとされ、九月九日の重陽の節句には必ず飲まれた。○忘憂物　酒をいう。○

觴　さかずき。○独進　一人で飲む。○群動　もろもろの物音。○嘯傲　「嘯」は、口笛を吹く。あるいは声を長く引いて歌をうたう。「傲」は、気ままにふるまう。○軒　のき、あるいは窓。

其九　其の九

淵明の隠遁生活に疑問を抱くある村人との対話形式で構成されている。しかし、おそらくは『楚辞』漁父篇の漁父と屈原の問答に構想を借りた、架空の対話と思われる。自分の現在の心境を、ことさら人ごとめかして、とぼけた発想で戯画化してみせているところに、ユーモリスト陶淵明らしい味わいがある。

清晨聞叩門　清晨《せいしん》　門を叩《たた》くを聞き
倒裳往自開○　裳《しょう》を倒《さかし》まにして往《ゆ》きて自《みずか》ら開く
問子為誰与　問う　子《し》は誰とか為すと
田父有好懐○　田父《でんぷ》　好懐《こうかい》有り
壺漿遠見候　壺漿《こしょう》もて遠く候《うかが》われ
疑我与時乖○　我の時と乖《そむ》くを疑う
襤褸茅簷下　襤褸《らんる》　茅簷《ぼうえん》の下《もと》

未足為高栖○
一世皆尚同
願君汨其泥○
深感父老言
稟気寡所諧○
紆轡誠可学
違己詎非迷○
且共歓此飲
吾駕不可回○

未《いま》だ高栖《こうせい》と為すに足らず
一世《いっせい》　皆な同を尚《とうと》ぶ
願わくは　君其の泥を汨《にご》せと
深く父老《ふろう》の言《げん》に感ずるも
稟気《ひんき》　諧《かな》う所寡《すく》なし
轡《たづな》を紆《ま》ぐるは誠《まこと》に学ぶ可《べ》きも
己《おのれ》に違《たが》うは詎《なん》ぞ迷いに非《あら》ざらんや
且《しばら》く共に此の飲を歓《よろこ》ばん
吾が駕《が》は回《めぐ》らす可《べ》からず

【現代語訳】

すがすがしい朝、門を叩く音を聞き、あわてて出てゆき自分で戸を開けた。
どなたですかと尋ねると、農夫のおやじさんの親切ごころの訪問だった。
酒壺を手に遠くから訪ねてくれ、わたしが世に背を向けるのをいぶかっている。
「ぼろをまとってのあばら家暮らしとは、りっぱな隠者の生活とはいえません。
世の中はみなが調子を合わせていくもの、あなたも俗世の泥にまみれてみては」
じいさんのことばに深く感じ入ったが、生まれつき妥協の苦手なわたしのことだ。

方向転換はやってみる価値はあっても、自分に背くのはやはり迷いというもの。まあこの酒を楽しく共に飲もうじゃないか、わたしの車は後には戻れんのだ。

■語釈
○清晨　すがすがしく晴れた早朝。○倒裳　「裳」は、はかま。あわてて、上着とはかまを逆さまに着ること。○子　二人称。あなた。○田父　農夫。○好懐　好意、親切。○壺漿　壺に入れた飲み物。ここでは酒をいう。○見候　「候」は、訪ねる。「見」は、軽い敬意を示す助字。○与時乖　時世から乖離する。○襤褸　ぼろぼろの衣服。○茅簷　茅葺きの家。○高栖　「高」は、高士などというように、高潔な隠者を指す。○尚同　同じ調子であることをとうとぶ。○汩其泥　「汩」は、かき乱して濁す。『楚辞』漁父篇に、「世人皆な濁らば、何ぞ其の泥を汩して其の波を揚げざる」とあるのにもとづく。○稟気　生まれつきの気質。○諧　調和する。○紆轡　手綱を曲げる。○且　まずまず。まあまあ。語調をゆるめる助字。○駕　馬車。自分の生きかたをたとえる。

其十四　其の十四

土地の顔役らしい昔なじみの老人たちがやってきて、たちまち酒宴が始まる。淵明はなんといっても士人だから、この村ではやはり目だつ存在だったにちがいない。土地の人にしてみれば、役人としてけっこういい暮らしもできる身分なのに、なにを好んで世をすねて、間尺に合わぬ田舎暮らしをしているのか、という思いがあったのだろう。また、その半面、わざわざ役人の特権をなげうってまでして、自分たちと近所づきあいをしているこの風変わりな人物に、いい知れぬ親近感を覚えたらしい。古来、酒宴をうたった詩は多いが、人々の飲みっぷりをかくもリアルに描いた作品は珍しい。末句の「酒中　深味有り」とは、いかにも酒飲みの哲学。淵明の外祖父孟嘉《もうか》の「酒中の趣」という名言を想起させる。

故人賞我趣●挈壺相与至
班荊坐松下●数斟已復酔
父老雑乱言●觴酌失行次
不覚知有我●安知物為貴
悠悠迷所留●酒中有深味

故人《こじん》　我が　趣《おもむき》を賞《め》で
壺《つぼ》を挈《たずさ》えて相《あ》い与《とも》に至る
荊《いばら》を班《し》きて松下《しょうか》に坐し
数斟《すうしん》にして已《すで》に復《ま》た酔う
父老《ふろう》　雑乱《ざつらん》して言い
觴酌《しょうしゃく》　行次《こうじ》を失う
覚えず　我有るを知るを
安《いずく》んぞ知らん　物を貴しと為すを
悠悠《ゆうゆう》たるは留《とど》まる所に迷う
酒中《しゅちゅう》　深味有り

【現代語訳】

古なじみが私のことを面白がって、酒壺片手にうち連れてやってきた。草をむしろに松の木陰に座をかまえ、さしつさされつはや酔ってきた。じいさんども埒《らち》もなくまくしたてて、順序も無視して酒杯が行き交う。おのれが居るさえ忘れてしまった、わが身のほかなど知ったことかよ。うろんな奴らは目先のことで迷うが、酒の中にこそ深い味わいがある。

■語釈

○故人　昔なじみの友人。○趣　ひとがら、個性。○班荊　雑草を敷きもの代わりにして座る。○数斟　数回酒をくみかわす。○父老　村のおもだった老人。○雑乱　とりとめがない。○觴酌　さかずきのやり取り。○行次　順序次第。○我　自分という主体。下の句の「物」が自分以外の客体を意味するのに対応する。我と物の差別・対立を無意味なものとするのは、『荘子』の哲学に顕著な思想。○悠悠　難解な語だが、ここでは、いい加減でとりとめのない生活態度をいうものと解したい。

和郭主簿　二首　其一　　郭主簿《かくしゅぼ》に和す　二首　其の一

郭主簿の名は、未詳。主簿は、文書をつかさどる役職。この詩は、郭主簿から贈られた詩に唱和したもので、全二首のうち一首を採る。制作時期は不明だが、「園田の居に帰る」や「飲酒」などに共通する境地を見せており、おそらく帰隠後の作と思われる。

日常生活の周辺をこまやかに描写する筆致は、同時代の詩を超越した、陶淵明独自のものである。

靄靄堂前林○
中夏貯清陰○
凱風因時来
回飆開我襟○
息交遊閑業
臥起弄書琴○
園蔬有余滋
旧穀猶儲今○
営己良有極
過足非所欽○
春秫作美酒
酒熟吾自斟○
弱子戯我側

靄靄《あいあい》たり　堂前《どうぜん》の林
中夏《ちゅうか》　清陰《せいいん》を貯《たくわ》う
凱風《がいふう》　時に因《よ》りて来たり
回飆《かいひょう》　我が襟《えり》を開く
交《まじ》わりを息《や》めて閑業《かんぎょう》に遊び
臥起《がき》　書琴《しょきん》を弄《もてあそ》ぶ
園蔬《えんそ》　余滋《よじ》有り
旧穀《きゅうこく》　猶《な》お今に儲《たくわ》う
己《おのれ》を営むは良《まこと》に極《きわ》み有り
足《た》るに過ぐるは欽《ねが》う所に非《あら》ず
秫《じゅつ》を春《つ》きて美酒を作り
酒熟《じゅく》すれば吾自《みずか》ら斟《く》む
弱子《じゃくし》　我が側《かたわら》に戯《たわむ》れ

学語未成音○　語を学びて未《いま》だ音《おん》を成さず
此事真復楽　此の事　真《まこと》に復《ま》た楽し
聊用忘華簪○　聊《いささ》か用《もっ》て華簪《かしん》を忘る
遙遙望白雲　遙遙《ようよう》として白雲《はくうん》を望み
懐古一何深○　古《いにし》えを懐《おも》うこと一《いっ》に何ぞ深き

【現代語訳】

こんもりと茂る座敷の前の林は、この真夏にすがすがしい木陰を作ってくれる。南風が時節とともに吹き起こり、めぐり来たってわたしの襟もとを開く。つきあいはやめて気ままなしわざを楽しみ、日がな一日書と琴を相手に暮らす。畑の野菜はあり余るほどよく育ち、去年の穀物はいまなお貯えがある。自分の生活を営むにはほどがあり、こと足りればそれ以上は願わない。酒米を臼でついてうま酒を造り、酒が熟成すれば手酌で飲む。そばではおさな子が戯れて、大人の口まねをするがまだことばにならぬ。これこそほんとうの楽しみというもの、出世の望みなどこれで忘れた。遙か彼方に白雲を見やりつつ、ひたすら深くいにしえを慕う。

■語釈

○靄靄　盛んに茂るさま。**○中夏**　夏三ヵ月の中間の月。陰暦五月。**○凱風**　南風。**○因時**　夏という時節の訪れにつれて。**○回飆**　字義どおりには、つむじ風の意だが、ここでは吹きめぐる風のこと。**○閑業**　下句の書を読んだり琴を弾いたりするしわざをいう。**○臥起**　寝ると起きると。つまり一日中。**○園蔬**　菜園の野菜。**○余滋**　十分に茂ること。**○旧穀**　去年収穫した穀物。**○営己**　自分の個人としての生活を営むこと。**○極**　限界。**○過足**　十分以上にある。**○秫**　もち粟、あるいはもち米。酒造りに用いられる。淵明は役人時代、公田にすべて秫を植えようとして家族の反対に遭ったという話が、彼の伝に記される。**○弱子**　幼児。**○学語**　大人の口まねをしてしゃべる。**○此事真復楽**　「飲酒」其の五の、「此中有真意」と同趣の句。日常の普通の営みの中にこそ人生の真実の意義が存することをいう。**○華簪**　りっぱなかんざし。高い地位の役人を象徴する。**○遙遙**　はるかなさま。**○白雲**　俗界を超越した境地を暗示する。**○懐古**　いにしえの世や人を慕わしく思う。

責子　子を責む

五人の息子たちの出来の悪さを嘆いたユーモラスな詩。「子の儼等に与うる疏」によると、淵明には儼・俟・份・佚・佟という五人の子があった。同じ人偏の字を共有しているのは、中国の名づけの習慣で、兄弟であることを示す。この詩に見える名は、おそらく彼らの幼名であろう。いつの世でも、親の目からすれば、なかなか期待どおりにならない子どもに対して、ついぼやきの一つも出ようというものだが、それを文学にまで昇華させた作品は、この詩が初めてにちがいない。子どもの不出来を嘆く父親自身も、同時に戯画化されているのがおもしろい。

白髪被両鬢●　　白髪《はくはつ》　両鬢《りょうびん》を被《おお》い
肌膚不復実●　　肌膚《きふ》　復《ま》た実《じつ》ならず
雖有五男児　　五男児《だんじ》有りと雖《いえど》も
総不好紙筆●　　総《す》べて紙筆《しひつ》を好まず
阿舒已二八　　阿舒《あじょ》は已《すで》に二八《にはち》なるに
懶惰故無匹●　　懶惰《らんだ》なること故《まこと》に匹《たぐい》無く
阿宣行志学　　阿宣《あせん》は行《ゆ》くゆく志学《しがく》なるに
而不愛文術●　　而《しか》も文術《ぶんじゅつ》を愛せず
雍端年十三　　雍《よう》と端《たん》は年十三なるに
不識六与七●　　六と七とを識《し》らず
通子垂九齢　　通子《つうし》は九齢《きゅうれい》に垂《なん》なんとするに
但覓梨与栗●　　但《た》だ梨と栗とを覓《もと》むるのみ
天運苟如此　　天運　苟《いやしく》も此《か》くの如くんば
且進杯中物●　　且《か》つは杯中《はいちゅう》の物を進めん

【現代語訳】

わたしは白髪が両方の鬢《びん》をおおい、肌にはしまりがなくなってきた。
男の子が五人いるけれど、そろいもそろって勉強ぎらい。
舒《じょ》ときたらもう十六になるのに、とびきりの怠け者ときている。
宣《せん》はそろそろ十五で学に志す歳、それなのに学問に興味がない。
雍《よう》と端《たん》とは十三歳だが、六と七との区別がつかない。
通《つう》は間もなく九つだが、梨だ栗だとねだってばかり。
これがわたしの運命というのなら、ままよ酒でも飲むとしようか。

■語釈

○実　充実している。肌がひきしまって、つやのあること。○五男児　この詩では、一から十までの数字のうち、一と四を除くすべての数が用いられており、そこにも諧謔の精神が発揮されている。○紙筆　筆記用具、つまり勉強道具。○阿舒　「阿」は、呼び名の前につける接頭語で、親しみを表わす。○二八　二掛ける八で、十六のこと。○懶惰　怠ける。○行　間もなく〜になる。○志学　『論語』為政篇の「吾十有五にして学に志す」から、十五歳のことをいう。○文術　学問をいう。○雍端年十三二句　雍と端は双子か、あるいは異母兄弟だったのだろう。二人がともに十三歳で、六と七を足せば十三になるというシャレ。○通子　「子」は、愛称を示す接尾語。○苟　かりそめにも。○且　まあまあ〜しようか。○杯中物　酒のこと。

第2章　ファンタスティックな陶淵明

fantasticとは、空想的なこと、また奇抜で一風変わったことをいう。陶淵明は人間嫌いでもなく、厭世家でもないが、常識の枠内におさまって晏然《あんぜん》としているのは嫌いである。彼は常識人でもあるが、折々常識の壁を突き破って、空想の翼を羽ばたかせ、どこか遠い未知の世界に飛び立とうとする。不思議な話の宝庫である神話や伝説は、そのために格好の素材を提供した。彼は古代の地理書『山海経《せんがいきょう》』を読みながら、太陽と駆けくらべをした夸父《かほ》の話に血の騒ぐものを感じ、木ぎれや石ころで海を埋めつくそうとする精衛《せいえい》の鳥の話に自分の限りない夢を同化させた。空想は、しかし現実から切り離されたものではない。神話のイメージに託されているのは、満たされない現実世界への思いの反転した表現でもある。だから、夸父や精衛の身のほど知らずの冒険には、陶淵明のやり場のない憤懣が重層的に読みとられてよい。

陶淵明像（『晩笑堂画伝』より）

　陶淵明の詩は、またその発想の上で、しばしば離れた次元から自分自身を観察しようとする傾向を示している。すなわち自己という主体をいったん突き放して、覚めた第三者の眼で対象化する発想法である。「五柳先生の伝」や、次章で取り上げる「形影神《けいえいしん》」、「挽歌の詩」各三首などはその典型だが、他の詩にも多かれ少なかれその傾向が認められる。そうしたとらわれない自由な精神のありかたは、新しい自己の発見をもたらし、また常識に曇らされないしなやかなものの見かたへと読者をいざなう。これも陶淵明の文学の大きな魅力の一つであるとともに、フィクションの文学への機縁をなすものでもあろう。

「桃花源の詩 幷びに記」のような架空の物語も、同じ精神の所産である。現実の世界のどこかに理想的な社会があったらと、陶淵明は夢想する。ただし、彼が想像するのは、同時代の物語によく登場する不老長生の仙人社会のような現実性の乏しいものではない。そこでは、彼がいま住んでいる農村と同じように、田畑が連なって人々が耕作にいそしみ、のどかに鶏や犬の鳴き声が聞こえてくる。現実の世とちがうのは、この安定した平和な日常が戦乱によって損なわれることがないという一点だけである。見なれた現実の社会から、わずかに視点をずらすことによって、人々が気づかずにいる理想の世が姿を現わすのだ。

この書には収めないが、美しい女体へのあこがれをなまめかしい筆致によって描いた「閑情の賦」も、陶淵明の想像力の豊かさをエロスの面から示唆する作品である。隠逸詩人という先入観からは大きくはみ出してしまう彼の側面が、これらの作品に横溢しているといえよう。

五柳先生伝　五柳先生の伝

　陶淵明の自伝。ただし、徹底した三人称的発想による、戯画化された自画像になっている。まず冒頭で、伝記の主人公はどこの人だか分からず、その姓や字《あざな》もはっきりしないと、雲をつかむようなことをいい出す。伝記の書き出しには、必ず出身地と姓名・字《あざな》を記すのが一般だから、その常識をことさらはぐらかした韜晦《とうかい》の姿勢が、まず意表をつく。またこの短い文章の中で、五柳先生のイメージを描くために否定詞の「不」が九度も用いられており、いわば否定詞によって自己主張を貫こうとしたともいえる。『宋書』陶淵明伝は、この伝は作者が「自らを況《たと》え」たもので、人々はこれを淵明の「実録」とみなしたと記しており、陶淵明の実像を当時の人はここに見いだしたらしい。しかし、これもやはり、淵明がかくありたいと願った自分のひとつの姿と考えるのが当を得ていよう。自伝の元祖であり、唐の王績の「五斗先生伝」、白居易の「酔吟先生伝」など、同じタイプの自伝のモデルとなった。

　先生は何許《いずこ》の人なるかを知らざるなり。亦《ま》た其の姓字《せいじ》を詳《つまび》らかにせず。宅辺《たくへん》に五《ご》柳樹《りゅうじゅ》有り、因《よ》りて以て号と為す。閑靖《かんせい》にして言《げん》少なく、栄利を慕《した》わず。書を読むことを好《この》むも、甚《はなは》だしくは解《かい》するを求めず、意に会《かい》すること有る毎《ごと》に、便《すなわ》ち欣然《きんぜん》として食を忘る。性《せい》酒を嗜《この》むも、家貧しくして常には得《う》る能《あた》わず。親旧《しんきゅう》其の此《か》くの如《ごと》きを知り、或《ある》いは置酒《ちしゅ》して之《これ》を招く。造《いた》り飲めば輒《すなわ》ち尽《つ》くし、期するは必ず酔《よ》うに在り。既《すで》に酔えば退き、曾《かつ》て情を去留に吝《やぶさ》かにせず。環堵蕭然《かんとしょうぜん》として、風日《ふうじつ》を蔽《おお》わず。短褐《たんかつ》は穿結《せんけつ》して、箪瓢《たんぴょう》は屢《しば》しば空《むな》しきも、晏如《あんじょ》たるなり。常に文章を著わして自《みずか》ら楽しみ、頗《すこぶ》る己《おのれ》が志を示す。懐《おもい》を得失《とくしつ》に忘れ、此《これ》を以て自《みずか》ら終わる。賛《さん》に曰《いわ》く、黔婁《けんろう》言える有り、「貧賤《ひんせん》に戚戚《せきせき》たらず、富貴《ふうき》に汲汲《きゅうきゅう》たらず」と。其れ茲《こ》れ若《か》くのごとき人の儔《たぐい》を言うか。酣觴《かんしょう》して詩を賦《ふ》し、以て其の志を楽しましむ。無懐氏《むかいし》の民か、葛天氏《かってんし》の民か。

【現代語訳】

先生はどこの人だか分からない。またその姓と字《あざな》もはっきりしない。家のそばに五本の柳の木があり、それにちなんで号とした。もの静かで口数は少なく、名誉や富には関心がない。書を読むのは好きだが、どこまでも徹底して分かろうとするつもりはなく、心にかなうところがあれば、いつもうれしくなって食事さえ忘れてしまう。生まれついての酒好きだが、貧乏でいつも手に入るというわけにはゆかぬ。親戚や旧友たちはそうした事情を知っていて、時には一席設けて招待してくれる。行って飲めばそのつど樽をからにし、必ず酔っぱらうつもりでいる。酔ってしまえばさっさと引き上げ、ちっとも未練がましいところがない。せまい家はうらさびて、風や日ざしさえ覆いかねるありさまだ。寸たらずの上着はぼろぼろで、日常の飲食にもしじゅうこと欠くが、平気なものだ。いつも詩文を作っては一人で楽しみ、いささか自分の思うところを示す。利害得失は忘れ去り、かくして生涯を終える。

賛　黔婁《けんろう》のことばにいう、「貧しさや地位の低さにくよくよせず、富や出世にあくせくしない」とは、先生のような人のことだろうか。心ゆくまで酔っては詩を作り、自分の思いをなごませる。いにしえの無懐《むかい》氏の民さながらだ、また葛天《かってん》氏の民さながらだ。

■語釈
○何許　何処に同じ。○閑靖　閑静に同じ。○栄利　栄誉と利欲。○甚解　どこまでもつきつめて理解すること。○会意　心にぴったりする。○欣然　喜ぶさま。○忘食　食事を忘れるとは、あることに熱中する状態をいう。『論語』述而篇に、孔子が自分の人となりを述べて、「憤りを発して食を忘れ、楽しんで以て憂いを忘れ、老いの将に至らんとするを知らざるのみ」とあるのを意識したもの。○性　生まれついての性質、気質。○親旧　親戚や旧友。○置酒　酒席を設ける。○造　至あるいは到に同じ。○輒　～するたびにいつも。○期　期待する。○曾不　「曾」は否定を強める。少しも～しない。○去留　去ると留まると。○吝　踏ん切りがつかず、ぐずぐずすること。○環堵　狭い部屋。「環」は、ぐるり。「堵」は、もともと障壁に関する長さの単位。○蕭然　うらさびたありさま。○短褐　短い粗末な布製の服。○穿結　衣服に穴があいたり、ほつれたりする。○簞瓢　「簞」は、飯を入れるわりご。「瓢」は、水を入れるひさご。孔子が弟子顔回の貧乏にもめげぬ生きかたを称えて、「賢なるかな回や、一簞の食、一瓢の飲、陋巷に在り。人は其の憂いに堪えず、回や其の楽しみを改めず」といったことが、『論語』雍也篇に見える。○屢空　これも顔回の達観した貧乏暮らしを孔子が称えたことばとして、『論語』先進篇に、「回や其れ庶（ちか）きか、屢しば空し」とある。○晏如　心安らかなさま。○文章　韻文・散文を総合的に指す。一般に四字句の韻文で書かれるが、ここでは散文体で書かれている。○賛　伝の終わりに置かれる結びの文。○黔婁　春秋斉の賢者。貧賤にも動ぜず、心安んじて生きた。○戚戚　心の不安定なさま。○汲汲　あくせくするさま。○酣觴　「酣」は、十分に酔うこと。「觴」は、さかずき。○無懐氏・葛天氏　ともに太古の伝説的な帝王。その治世下で、人民は安らかな生活を送ったといわれる。

桃花源詩　并記　　桃花源の詩　并びに記

太古の純朴な世へのあこがれを描いたメルヘン。その裏には、いくさに明け暮れる混乱した現実社会への幻滅や反発が宿されていよう。『老子』第八十章の描くような、国同士の間にいさかいがなく、住民は生涯小さな地域社会の中で平和に暮らすという、小国寡民の理想社会が、その思想的な背景になっている。こうした隔離されたユートピアに遊ぶ仙境譚は、六朝時代の短編小説に多くの類例が見いだされる。仙境を象徴するキーワードは、桃花と洞穴であり、同時代に普遍的だった仙境譚の発想をふまえる。ただ、一般的に仙境譚では、浦島説話などに見られるように、仙境と現世との時間の尺度がまったくちがっていて、仙境の時間は現世の時間に比べてはるかにゆるやかに流れてゆくのだが、「桃花源の記」にはその設定が見られない。仙境譚の形式にのっとりながら、独自の境地を現出した陶淵明の個性の認められるゆえんである。

晋《しん》の太元中《たいげんちゅう》、武陵《ぶりょう》の人、魚《うお》を捕《とら》うるを業と為す。渓《たに》に縁《そ》うて行《ゆ》き、路《みち》の遠近を忘る。忽《たちま》ち桃花《とうか》の林に逢《あ》い、岸を夾《はさ》むこと数百歩、中に雑樹《ざつじゅ》無く、芳華《ほうか》鮮美《せんび》にして、落英繽紛《らくえいひんぷん》たり。漁人《ぎょじん》甚《はなは》だ之《これ》を異《あや》しみ、復《ま》た前《すす》み行きて、其の林を窮《きわ》めんと欲《ほっ》す。林は水源に尽《つ》き、便《すなわ》ち一山《いちざん》を得たり。山に小口《しょうこう》有り、髣髴《ほうふつ》として光有るが若《ごと》し、便ち船を捨てて口従《よ》り入る。初めは極めて狭く、纔《わず》かに人を通す。復《ま》た行くこと数十歩、豁然《かつぜん》として開朗《かいろう》なり。土地は平曠《へいこう》、屋舎《おくしゃ》は儼然《げんぜん》として、良田美池《りょうでんびち》桑竹《そうちく》の属《ぞく》有り。阡陌交《せんぱくまじ》わり通じて、鶏犬相《けいけんあ》い聞こゆ。其の中に往来して種作《しゅさく》するもの、男女の衣著《いちゃく》は、悉《ことごと》く外人《がいじん》の如《ごと》く、黄髪垂髫《こうはつすいちょう》、並びに怡然《いぜん》として自《みずか》ら楽しむ。漁人を見て、乃《すなわ》ち大いに驚き、従《よ》りて来たる所を問う。具《つぶ》さに之に答うるに、便ち要《むか》えて家に還《かえ》り、酒を設け鶏《とり》を殺して食を作る。村中《そんちゅう》此の人有るを聞き、咸《み》な来たりて問訊《もんじん》す。自ら云《い》えらく、「先世《せんせい》　秦時《しんじ》の乱を避け、妻子邑人《ゆうじん》を率《ひき》いて此の絶境《ぜっきょう》に来たり、復た焉《ここ》より出《い》でず。遂に外人と間隔《かんかく》す」と。問う、「今は是《こ》れ何の世ぞ」と。乃ち漢有るを知らず、魏晋《ぎしん》に論無し。此の人一一《いちいち》為《ため》に具さに聞く所を言うに、皆な嘆惋《たんわん》す。余《よ》の人各《おの》おの復た延《まね》きて其の家に至らしめ、皆な酒食を出だす。停《とど》まること数日にして、辞去《じきょ》す。此の中の人語りて云えらく、「外人の為に道《い》うに足《た》らざるなり」と。既《すで》に出でて、其の船を得《え》、便ち向《さき》の路に扶《そ》い、処処《しょしょ》に之を誌《しる》す。郡下《ぐんか》に及びて、太守《たいしゅ》に詣《いた》り、説くこと此《か》くの如し。太守 即《すなわ》ち人を遣《つか》わして其の往《ゆ》くに随《したが》い、向《さき》に誌せし所を尋《たず》ねしむるに、遂に迷いて復た路を得ず。南陽《なんよう》の劉子驥《りゅうしき》は、高尚《こうしょう》の士なり。之を聞きて、欣然《きんぜん》として往《ゆ》かんと規《はか》る。未《いま》だ果《は》たさず、尋《つ》いで病《や》みて終わる。後《のち》遂に津《しん》を問う者無し。

【現代語訳】

晋の太元の世に、武陵《ぶりょう》の人で、魚を捕って暮らしをたてている者がありました。ある日、突然、谷川沿いに上ってゆくうちに、どれほど来たのか道を見失ってしまいました。すると、突然、桃の花の咲く林に出くわし、両岸数百歩の間に、他の木はなく、かぐわしい花が色鮮やかに咲き満ちて、花びらがはらはらと散っていきます。漁師は不思議なこともあるものと思い、なおも進んでいって、林の奥まで見きわめてやろうとしました。林は水源のあたりで尽きていて、そこに一つの山があります。山には小さなほら穴があり、かすかに光がさしているようなので、舟を乗り捨てて穴から入っていきました。はじめはごく狭くて、人一人がやっと通れるほどでした。さらに数十歩進むと、からりとあたりが開けて、土地は平らかで広く、家々はきちんと建ち並び、肥沃な田畑に、美しい池、桑畑や竹林などがあります。道は四方に通じて、鶏や犬の鳴き声が聞こえてきます。そこに行きかい畑仕事をする男女の衣服は、すべて外の世界の人と同じで、年寄りから子どもまで、みなにこやかに楽しげなようすでした。

漁師の姿を見つけると、人々はいたく驚いて、どこから来たのかと尋ねます。詳しくわけを話すと、家に招き寄せて、酒をしつらえ鶏をつぶして、ご馳走してくれました。村ではこの男がいると聞くと、みなやってきて質問責めにします。あるじがいうには、「先祖の世に秦のときの乱を避け、妻子や村人を引き連れて、この人里離れた土地にやってきてから、ずっと外へは出たことがなく、外の世界の人とはつきあいがなくなってしまいました」。そして、「今は何という時代ですか」と聞くのです。なんと、漢のあったことも知らないのですから、魏や晋はいうまでもありません。この男がいちいち詳しく聞き知っていることを話してやると、みんなはへーとびっくりしています。ほかの人々もそれぞれの家に彼を招いて、どこでも酒食をふるまいました。こうして数日滞在したあと、いとまを告げました。別れ際に、そこの人々は、「外の世界の人にはいって下さるな」といいました。

漁師はそこを出て、舟を見つけ、もと来た道をたどりながら、あちこちに目印をつけておきました。郡のまちにつくと、太守のもとに参上して、かくかくしかじかと一部始終を告げます。太守はすぐさま人をやって、漁師のあとにつき従わせ、さきにつけておいた目印どおりに訪ねていきましたが、迷ってもとの道にはたどり着けませんでした。

南陽の劉子驥《りゅうしき》は、行ない高潔の人でした。その話を聞くと、喜びいさんで行ってみようとしましたが、まだ出かけぬうちに、病気になって亡くなりました。以来、誰もそこを訪ねようとする人はいません。

■語釈

○**太元**　東晋の孝武帝の年号。三七六～三九六年。陶淵明の年齢でいえば、十二歳から三十二歳の間。○**武陵**　郡の名。現在の湖南省常徳市一帯にあった。○**縁**　沿に同じ。○**落英**　落花。○**繽紛**　落花のさまを表わす畳韻の擬態語。○**髣髴**　おぼろなさまを示す双声の擬態語。○**豁然**　からりと開けるさま。○**平曠**　平らかで広い。○**儼然**　きちんとしたさま。○**阡陌**　「阡」は南北に通ずる道路。「陌」は東西に通ずる道路。○**鶏犬相聞**　『老子』第八十章に、理想的な小国寡民の社会を描写して、「隣国相い望み、鶏犬の声相い聞ゆ」とあるのにもとづく。「園田の居に帰る」其の一にも、鶏や犬の登場する平和な農村風景が見えるのを参照。○**種作**　種を播き、耕作する。○**衣著**　「著」は「着」に同じ。身に着けているもの。○**外人**　外部の世界の人。○**黄髪垂髫**　老人と子ども。「黄髪」は、白髪がさらに黄色に変色したもの。「垂髫」は、子どもの垂らし髪。○**怡然**　心楽しむありさま。○**乃**　意外な気持ちを表わす助字。○**問訊**　問いただす。○**自云**　以下は、連れていかれた家の主人のことば。○**先世**　祖先。○**秦時乱**　秦始皇帝の暴政をいう。○**邑人**　村の人々。○**無論**　～はいうまでもない。○**嘆惋**　深く驚く。○**不足**　「不必」の意。～する必要はない。○**向路**　もと来た道。○**扶**　沿う。○**太守**　郡の長官。○**南陽**　現在の河南省南陽市。○**劉子驥**　実在の人物で、『晋書』隠逸伝に伝記を有する隠者。○**高尚士**　俗世から超脱した志向の人。○**問津**　文字どおりには、渡し場のありかを問うこと。

嬴氏乱天紀●賢者避其世
黄綺之商山●伊人亦云逝
往迹浸復湮●来逕遂蕪廃
相命肆農耕●日入従所憩
桑竹垂余蔭●菽稷随時藝
春蚕収長絲●秋熟靡王税
荒路曖交通●鶏犬互鳴吠
俎豆猶古法●衣裳無新製

嬴氏《えいし》　天紀を乱《みだ》し
賢者　其の世を避《さ》く
黄綺《こうき》　商山《しょうざん》に之《ゆ》き
伊《こ》の人　亦《ま》た云《ここ》に逝《ゆ》く
往迹《おうせき》　浸《ようや》く復《ま》た湮《う》もれ
来逕《らいけい》　遂《つい》に蕪廃《ぶはい》す
相《あ》い命じて農耕に肆《つと》め
日入りて憩《いこ》う所に従う
桑竹《そうちく》　余蔭《よいん》を垂《た》れ
菽　稷《しゅくしょく》　時に随《したが》いて藝《う》う
春蚕《しゅんさん》　長絲《ちょうし》を収《おさ》め
秋　熟《しゅうじゅく》　王税靡《な》し
荒路《こうろ》　曖《あい》として交通し
鶏犬《けいけん》　互いに鳴き吠《ほ》ゆ
俎《そ》豆《とう》　猶《な》お古法にして
衣裳　新製無し

童孺縦行歌
斑白歓游詣●
草栄識節和
木衰知風厲●
雖無紀暦志
四時自成歳●
怡然有余楽
于何労智慧●
奇蹤隠五百
一朝敞神界●
淳薄既異源
旋復還幽蔽●
借問游方士
焉測塵囂外●
願言躡軽風
高挙尋吾契●

童孺《どうじゅ》　縦《ほしいまま》に行《ゆ》く歌い
斑白《はんぱく》　歓《たの》しみて游び詣《いた》る
草栄《はなさ》きて節の和するを識《し》り
木衰えて風の厲《はげ》しきを知る
紀暦《きれき》の志《し》無しと雖《いえど》も
四時《しいじ》　自《おの》ずから歳《とし》を成《な》す
怡然《いぜん》として余楽《よらく》有り
何に于《おい》てか智慧《ちえ》を労せん
奇蹤《きしょう》　隠《かく》るること五百
一朝《いっちょう》　神界敞《あら》わる
淳薄《じゅんぱく》　既《すで》に　源《みなもと》を異《こと》にし
旋《たちま》ちにして復《ま》た還《ま》た幽蔽《ゆうへい》す
借問《しゃもん》す　方《ほう》に游《あそ》ぶの士
焉《いず》くんぞ塵囂《じんごう》の外を測《はか》らん
願わくは言《ここ》に軽風を躡《ふ》み
高挙《こうきょ》　吾が契《けい》を尋《たず》ねん

【現代語訳】

秦の始皇帝が天の秩序を乱したため、時の賢者は世を避けて身を隠した。
夏黄公《かこうこう》と綺里季《きりき》は商山《しょうざん》に去ったし、この里の人々もまたゆくえをくらました。
彼らのありかはしだいに埋もれ、ここへの道筋も草に覆われてしまった。
人々は声かけあって農事にいそしみ、日が沈めば気ままにからだを休める。
桑や竹はたっぷりと木陰を落とし、豆や粟は時節にしたがって植えつける。
春の蚕からは長い長い糸がとれ、秋のみのりにもおかみの税はかからない。
草深い道はほの暗く通じて行き交い、鶏が鳴きかわし犬が吠えたてている。
祭礼の道具はいまも大昔そのままだし、着ている衣服にも当世風の型はない。
子どもは気の向くまま歩きつつ歌い、老人は心楽しくよそに遊びにでかける。
草に花が咲くと時候の穏やかさを悟り、木の葉が枯れると風の冷たさを知る。
書かれた暦があるわけでもないのに、四季はおのずとめぐって一年になる。
心のどかにあり余る楽しみがあるのに、何のために賢《さか》しらをはたらかせよう。
不思議な足どりが世に隠れて五百年、ある日にわかに神秘の世界が現われた。
人情の淳と不淳が根っから違っていて、たちまちまた姿はかき消えていった。
世間の方々にちとうかがいたいが、俗塵の彼方を想像したことはおありかな。
軽やかに吹く風を足下に踏みながら、天高く舞ってわが理想の境を訪ねよう。

■語釈
○嬴氏　秦の王室の姓。ここでは始皇帝を指す。○天紀　天の秩序。○賢者避其世　『論語』憲問篇に、「賢者は世を避く」とある。○黄綺　古代の賢者、夏黄公と綺里季。秦始皇帝の暴政を逃れて、商山（陝西省）に隠れた。他の二人の賢者とともに「商山四皓」と称された。『史記』留侯世家に見える。○伊人　「伊」は「此」に同じ。桃花源の人々をいう。○来逕　桃花源にやってきた道。○蕪廃　雑草が茂って覆いかくされてしまう。○日入従所憩　自然の運行にしたがった太古の理想的な生活をいう。「撃壌歌」に、「日出でて作（たがや）し、日入りて息（いこ）う」とある。○鶏犬互鳴吠　「園田の居に帰る」其の一にも、同じ農村風景が描かれている。○俎豆　祭祀に用いられる机と高坏。○童孺　おさない子ども。○斑白　ごましお頭の老人。○紀暦志　文字で書き記されたこよみ。○怡然　楽しむさま。○余楽　たっぷりとした楽しみ。○奇蹤　不思議な事跡。○淳薄　人情の厚さと薄さ。桃花源の人々と俗世間を対照していう。○借問　ちょっと尋ねる。○游方士　方内（一般世間）に生きる人。○塵囂　塵にまみれた騒がしい世の中。○吾契　自分の心とぴったりと合った境地。

止酒　酒を止む

酒を愛した陶淵明が「酒はやめた」と宣言した詩。「形影神」三首の「神《しん》の釈」詩に、酒は「齢を促《うなが》すの具」（九二頁）というように、酒の飲み過ぎが健康に害を及ぼすという自覚は、どうやら淵明にもあったらしい。そこで、一念発起、きっぱりと酒を断とうと意気込んでみせ、その証拠にといわんばかりに、各句に必ず「止」の字をはめこんでいる。一種の新機軸で、陶淵明以前にこうした技巧を用いた詩はない。詩中に自分の子どもを「稚子《ちし》」といっているのを信用すれば、比較的若いころの作かもしれない。ちなみに、「帰去来の辞」にも「稚子」の語が見える（一五頁）。だが、晩年に至るまでずっと酒をうたいつづけた淵明は、やはり究極的に酒と絶縁はできなかったようだ。そのアイデアに乾杯の戯れの詩であろう。

居止次城邑●
逍遙自閑止
坐止高蔭下●
歩止蓽門裏
好味止園葵●
大懽止稚子
平生不止酒●
止酒情無喜
暮止不安寝●
晨止不能起

居止《きょし》　城邑《じょうゆう》に次《やど》り
逍遙《しょうよう》　自《みずか》ら閑止《かんし》なり
坐して高蔭《こういん》の下《もと》に止《とど》まり
歩《あゆ》みて蓽門《ひつもん》の裏《うち》に止《とど》まる
好味は止《た》だ園葵《えんき》のみ
大懽《たいかん》は止《た》だ稚子《ちし》のみ
平生　酒を止《や》めず
酒を止《や》むれば情に喜び無し
暮《くれ》に止《や》むれば安らかに寝《い》ねず
晨《あした》に止《や》むれば起《お》くる能《あた》わず

日日欲止之
営衛止不理●
徒知止不楽
未知止利己●
始覚止為善
今朝真止矣●
従此一止去
将止扶桑涘●
清顔止宿容
奚止千万祀●

日日に之《これ》を止《や》めんと欲《ほっ》するも
営衛《えいえい》　止《や》むれば理《おさ》まらず
徒《た》だ知る　止《や》むることの楽しからざるを
未《いま》だ知らず　止《や》むることの己《おのれ》を利《り》するを
始めて止《や》むるの善為《た》るを覚《さと》り
今朝《こんちょう》　真《しん》に止《や》めたり
此《こ》の一止《いっし》従《よ》り去りて
将《まさ》に扶桑《ふそう》の涘《きし》に止《とど》まらんとす
清顔《せいがん》　宿容《しゅくよう》を止《とど》め
奚《なん》ぞ千万祀《せんまんし》に止《とど》まらん

【現代語訳】
まちなかに居止《すまい》を定めて、気の向くままに止《いた》ってのどかだ。
高い木立の陰に座席を止《し》いて、散歩はいぶせき屋敷のなか止《だ》け。
うまいものは止《た》だ手作りの野菜、楽しみは止《た》だいとけないわが子。
日ごろから酒は止《や》めずにきたが、酒を止《や》めたら何の喜びがある。

夜に止《や》めたら寝つきがわるく、朝に止《や》めたら起きあがれない。
いつも止《や》めようと思いはするが、止《や》めれば血のめぐりが悪くなる。
止《や》めれば気が塞ぐとは知っても、止《や》めるが得《とく》とは気がつかなんだ。
止《や》めるがよいとやっと覚《さと》って、今日の朝から本気で止《や》めた。
これからずっと止《や》めてしまって、不死の国でも止《ゆ》くとしようか。
昔どおりのつややかな顔を止《たも》ち、万年止《ばか》りの長寿じゃまだ不足。

■語釈
○居止　住居。○城邑　町。○逍遙　文字どおりには気ままに歩きまわることだが、ここでは気分の赴くままにくつろぐさまの擬態語。○閑止　「止」は、意味のない助字。○蓽門　いばらを編んで作った門。貧乏人のすまいをいう。○園葵　自分の菜園で作った野菜。○大懽　大きなよろこび。「懽」は、「歓」に同じ。○営衛　漢方医学で、血液の循環をいう。○扶桑　東海中の太陽が昇るあたりに生えているとされる伝説上の木。またその木の生えている仙界。○涘　みぎわ。○宿容　昔ながらの顔かたち。○千万祀　千年から万年。「祀」は、「年」の意。

読山海経　其一　山海経《せんがいきょう》を読む　其の一

『山海経』は、古代の地理書。古代人の世界観にもとづいて、想像上の世界をも含めて各地の地形を記し、またそこに生きる奇怪な草木鳥獣を紹介する。失われた中国の神話の原型を多くとどめる点でも、古代中国研究のための貴重な資料となっている。この連作詩は、『山海経』に描かれる不思議な世界を対象としつつ、そこからかきたてられた想像力を存分に馳せて、多様なイメージを楽しませてくれる。第一首は序の役割を帯びていて、淵明の日常生活の周辺が生き生きと写し出されている。『文選』にはこの詩だけが採録される。第二首以下は、いずれも五言八句の形式に統一されている。

孟夏草木長
遶屋樹扶疏○
衆鳥欣有託
吾亦愛吾廬○
既耕亦已種
時還読我書○
窮巷隔深轍
頗回故人車○
歡言酌春酒
摘我園中蔬○

孟夏《もうか》　草木《そうもく》長じ
屋《おく》を遶《めぐ》りて樹《き》は扶疏《ふそ》たり
衆鳥《しゅうちょう》　託《たく》する有るを欣《よろこ》び
吾も亦《ま》た吾が廬《ろ》を愛す
既《すで》に耕《たがや》し亦た已《すで》に種《う》え
時に還《ま》た我が書を読む
窮巷《きゅうこう》　深轍《しんてつ》を隔《へだ》つるも
頗《すこぶ》る故人《こじん》の車を回《めぐ》らさしむ
歡言《かんげん》して春酒《しゅんしゅ》を酌《く》み
我が園中《えんちゅう》の蔬《そ》を摘《つ》む

微雨従東来　微雨《びう》　東従《よ》り来たり
好風与之倶○　好風《こうふう》　之《これ》と倶《とも》にす
汎覧周王伝　周王《しゅうおう》の伝を汎覧《はんらん》し
流観山海図○　山海《さんかい》の図を流観《りゅうかん》す
俯仰終宇宙　俯仰《ふぎょう》　宇宙を終《お》う
不楽復何如○　楽しからずして復《ま》た何如《いかん》

【現代語訳】

初夏の時節に草木は成長し、わが家のまわりにも木がよく茂った。鳥たちはねぐらができてうれしそうだし、わたしもこの廬が気に入っている。田を耕して植えつけも終えると、時にはわが愛蔵の書を読んだりもする。路地裏には馬車の訪れなど縁遠いが、古なじみの車だけは立ち寄ってくれる。楽しく語らいつつ春の酒を酌みかわし、畑の野菜を摘んできてさかなにする。東の方から小雨が降ってくるにつれて、こころよい風もいっしょに吹き起こる。そんなとき周王の伝をざっと読んだり、山海経の図を眺めわたしたりして過ごす。わずかの間に宇宙をひとめぐり、これが楽しくなくてなんとしよう。

■語釈

○孟夏　初夏。○扶疏　樹木がよく茂ったさまを形容する畳韻の語。○有託　身を寄せる場所がある。○窮巷　路地裏の意に、むさ苦しい貧乏暮らしの意を兼ねる。「園田の居に帰る」其の二参照。○深轍　深いわだち。高官の乗る車を暗示的に指す。○故人　古い友人。○回　車をわざわざめぐらして訪ねてくれることをいう。○歓言　楽しく語らう。○春酒　春に飲むために冬の間に醸す酒。○園中蔬　菜園に植えた野菜。○汎覧　広く見渡す。○周王伝　『穆天子伝』のこと。周の穆王が西方の各地を旅行して、多くの不思議なできごとに出会うことを記した物語。陶淵明の生まれる七十年ほど前に、戦国時代の王の墳墓から発見された。○流観　あちこちをながめる。○山海図　『山海経』に付された絵図。本文に見える奇怪な動物の姿などを描いた図。○俯仰　うつむき、あおむくだけの、ごく短い時間。○終宇宙　本来「宇」は空間的な、「宙」は時間的な広がりをいう。そうした無限の広がりをひとめぐりする。

其二　其の二

『山海経』の神秘の世界に君臨する西王母《せいおうぼ》の姿を描く。西王母は、『山海経』では、半人半獣の奇怪な姿に描かれているが、後世の文献になると、美しい仙女に変容してゆく。ここに描かれる西王母も、すでに仙界の美女の姿になっている。

玉台凌霞秀　　玉台《ぎょくだい》　霞《か》を凌《しの》いで秀《ひい》で
王母怡妙顔○　王母《おうぼ》　妙顔《みょうがん》を怡《よろこ》ばす
天地共倶生　　天地と共に倶《とも》に生《しょう》じ
不知幾何年○　幾何《いくばく》の年なるかを知らず
霊化無窮已　　霊化《れいか》　窮《きわ》まり已《や》む無く
館宇非一山○　館宇《かんう》　一山《いちざん》に非《あら》ず
高酣発新謡　　高酣《こうかん》　新謡《しんよう》を発し
寧効俗中言○　寧《なん》ぞ俗中の言《げん》に効《なら》わんや

【現代語訳】

玉のうてなはあかね雲を超えてそびえ、西王母はつややかな顔をほころばす。彼女は天地とともに生まれいでて、いったいいくつになるのか分からない。霊妙な変化の力ははかり知れず、住まう館も一つの山にとどまらない。ここちよく酔っては新しい歌をうたうが、俗界のことばとは似ても似つかぬ。

■語釈

○玉台　西王母の住む玉山にある玉の高台。『山海経』西山経に、「玉山は是れ西王母の居る所なり」とある。○霞　朝焼け、夕焼けの色鮮やかな雲。いわゆる「かすみ」ではない。○王母　西王母。○妙顔若々しく美しい顔。○天地云々　以下の句は、すべて西王母のありさまを写す。○霊化　西王母が天地とともに霊妙な変化を遂げてゆくこと。○館宇非一山　『山海経』では、西王母は玉山のほかの山にも住みかを持つことが記される。○高酣　酒に楽しく酔う。○新謡　新しい歌。『穆天子伝』には、天子が西王母のために開いた宴の席で、彼女がうたった歌が記される。

其五　其の五

西王母の使者とされる三羽の青い鳥をうたう。『山海経』海内北経に、「其の南に三青鳥有り、西王母の為《ため》に食を取る。昆侖虚《こんろんきょ》の北に在り」とある。

翩翩三青鳥　翩翩《へんぺん》たる三青鳥《せいちょう》
毛色奇可憐○　毛色《もうしょく》　奇にして憐《あわ》れむ可《べ》し
朝為王母使　朝《あした》に王母《おうぼ》の使いと為《な》り
暮帰三危山○　幕《くれ》に三危《さんき》の山に帰る
我欲因此鳥　我は欲《ほっ》す　此の鳥に因《よ》りて
具向王母言○　具《つぶ》さに王母に向かいて言わん
在世無所須　世に在りて須《もち》うる所無し

惟酒与長年○　惟《た》だ酒と長年《ちょうねん》のみと

【現代語訳】

ひらひらと飛ぶ三羽の青い鳥、めずらかですてきな毛の色だこと。
朝には西王母の使者として飛び立ち、日暮れには三危山のねぐらに帰る。
わたしはこの鳥にことづけて、王母によくよく頼みたいことがある。
この世でほしいものは何もないが、ただ酒と長生きだけが願いだと。

■語釈

○翩翩　鳥が軽快に飛ぶさま。○三青鳥　青い鳥は、『山海経』の各所にしばしば登場する。○可憐　心をひかれる。○三危山　青い鳥の住む山。西山経に、「三危の山、三青鳥これに居る」。○具　具体的に。○須　必要とする。○長年　長生き。

其九　其の九

『山海経』海外北経の夸父《かほ》の話にもとづく。夸父という大男は、太陽と競走して、日没まで走りつづけた。のどが渇いたので、黄河と渭水《いすい》の水を飲み干したが、まだ渇きは止まらず、北のかた大沢《だいたく》の水を飲みにゆこうとして、途中で渇きのために死んだ。持っていた杖を投げ捨てると、それが鄧林《とうりん》という巨大な森になった。大荒北経にも同じ話が見える。

夸父誕宏志　　夸父《かほ》　誕宏《たんこう》の志
乃与日競走●　乃《すなわ》ち日と競走《きょうそう》す
倶至虞淵下　　倶《とも》に虞淵《ぐえん》の下《もと》に至り
似若無勝負●　勝負無きが若《ごと》きに似《に》たり
神力既殊妙　　神力《しんりょく》　既《すで》に殊《こと》に妙《みょう》なり
傾河焉足有●　河を傾《かたむ》くるも焉《いずく》んぞ有るに足《た》らん
余迹寄鄧林　　余迹《よせき》　鄧林《とうりん》に寄《よ》す
功竟在身後●　功竟《こうと》ぐるは身後《しんご》に在り

【現代語訳】

夸父はとてつもない志を抱き、なんと太陽と駆けくらべをやった。二人は同時に虞淵のほとりに着いて、けっきょく勝負はつかなかったらしい。並外れた神通力の持ち主だから、黄河の水を飲み干したとて満足はできぬ。なごりの跡は鄧林の森にとどまり、いさおしが遂げられたのは死後だった。

一■語釈

○誕宏　けた外れに大きいこと。大荒北経には、「夸父は力を量らず、日景を追わんと欲す」とある。○虞淵　日の沈むところ。○神力　神怪な能力。○傾河　黄河の水を飲みつくす。○身後　死んだあと。

其十　其の十

昔日の復讐を果たそうとする精衛《せいえい》と刑天《けいてん》を取り上げて、その衰えぬ執念の激しさをうたう。かつて魯迅が指摘したように、一見超然とした隠逸者陶淵明の内部の激越な一面を想像させる作品である。

精衛銜微木
将以塡滄海●
刑天舞干戚
猛志固常在●
同物既無慮
化去不復悔●
徒設在昔心

精衛《せいえい》　微木《びぼく》を銜《ふく》み
将《まさ》に以て滄海《そうかい》を塡《う》めんとす
刑天《けいてん》　干戚《かんせき》を舞《ま》わせ
猛志《もうし》　固《もと》より常に在り
物に同じきも既《すで》に慮《おもんぱか》る無く
化《か》し去るも復《ま》た悔《く》いず
徒《いたず》らに在昔《むかし》の心を設《もう》くるも

良晨詎可待●　良晨《りょうしん》　詎《なん》ぞ待つ可《べ》けんや

【現代語訳】

精衛の鳥は小さな木ぎれをくわえては、大海原を埋めつくそうとしている。刑天は盾《たて》と斧《おの》を振りかざして舞い暴《あば》れ、激しい闘志をいつも燃やしつづける。あらぬ物に姿は変わろうと平気なもの、もとの形をなくしても悔やみはしない。空しく昔の復讐心を抱きつづけるが、思いを遂げるよき日はいつ来るのやら。

■語釈

○精衛　北山経に見える鳥。形は鳥に似て、くちばしは白く、足は赤い。この鳥の前身は太古の炎帝のむすめ女娃（じょあ）で、東海で溺れ死んだ。その怨みを晴らすため、木ぎれや小石をくわえて東海に投げ込み、海を埋めようとしている。○滄海　青いうなばら。○刑天　海外西経に登場する怪物で、「形天」とも書く。天帝と争って敗れ、首をはねられて常羊山に葬られたが、乳を目に、臍を口に変えて、なおも盾と斧を手に舞いつづけた。○干戚　盾と斧。○同物　「物」、つまり自分以外の存在と同化すること。精衛の場合についていう。○化去　変化して死ぬ。刑天の場合についていう。○在昔心　昔から抱きつづけた復讐心。○良晨　文字どおりには、よい朝。思いの遂げられるよい日の意。

精　衛

刑　天

第3章　死を見つめる陶淵明

陶淵明の文学において、死の問題は常に一貫したテーマであった。彼が四十五歳のときに作った「己酉《きゆう》の歳、九月九日」という詩に、「古えより皆な没する有り、これを念えば中心焦がる」とあるように、彼の意識の中で、生死はたえず大きな位置を占めていた。

もちろん、死がすべての人にとって必然のものである以上、文学の歴史が始まって以来、死の問題はくり返し取り上げられてきた。「人は必ず死ぬ」という命題を前にして、二つの対処法が考えられる。一つは、生命そのものを人為的に限りなく延ばそうとすることで、不死の世界へのあこがれとそこに至る手段の工夫が、さまざまな形で人々の心を捉えてきたことはよく知られている。その二は、有限の人生を前提として、それをいかに充実させていけばよいかに関心を向けることである。つまり死の問題は、必然的に生の問題になる。早い時期の五言詩である漢の「古詩十九首」では、不死の実現はすでに不可能としてあきらめ、限られた生をひたすら快楽への耽溺によって充実させることを主張している。連作「形影神」三首の第一首が示すように、陶淵明にもこの立場にもとづく主張が少なからず見られる。

同じく有限の人生を前提としつつも、『史記』の著者司馬遷《ざん》が主張するのはちがっている。彼は「人固《もと》より一死有り、或いは太《たい》（泰）山よりも重く、或いは鴻毛《こうもう》よりも軽し」（「任少卿に報ずる書」）として、人の死を重くも軽くもするのは、ただその用いかたいかんにかかっているといった。彼が宮刑という屈辱的な運命に耐えて生きつづけたのは、ひたすら『史記』を完成して不朽の業を後世に伝えんがためであった。こうした死生観が陶淵明にもあったことは、「形影神」の第二首に示されている。

それに対して、生と死とを対立する相として捉えることを否定し、生への執着を虚妄なものとして退けるのが老荘の哲学、ことに『荘子』の哲学である。人生は生から死へと向かう一つの大きな変化の過程であり、喜びも恐れもせず、ただおのずからなる変化の波に身を委ねて生きればよいとする考えであり、「形影神」では、第三首にそれが反映されている。陶淵明が仏教の説く死生観の影響を受けなかったかどうかについてはいろいろ議論があるが、少なくとも仏教思想によって死生を超越するという見解はまだ見られない。

そうしたさまざまな死生観の間を揺れ動きながら、陶淵明は自分の人生に対処してきた。死をゆるがせにできないからこそ、日々の生をいかに意義あるものにするかが真剣に問われなければならなかった。死を見つめて悩みつづける陶淵明の姿を通して、読者は自分の人生をいかに生きるかを否応なく考えさせられるにちがいない。

雑詩　其一　雑詩　其の一

雑詩は、特定の題名のない詩。『文選』にも、「雑詩」の巻が立てられている。全十二

哲学宗教日記
1930－1932／1936－1937

ルートヴィッヒ・ウィトゲンシュタイン
鬼界彰夫 訳
イルゼ・ゾマヴィラ 編
1606円 536565-6

『論考』から『探究』へ。大哲学者が書き残した自らの思想の大転回、宗教的体験、そして苛烈な内面劇！　〝隠された意味〟とは何か？

陶淵明

興膳　宏
858円 537649-2

悠然たる隠遁生活と真実を希求する熱い魂。桃源郷を夢想し、山海経の怪しい世界に思いを馳せる。酒と自然を楽しむ「田園詩人」の魅力堪能！

日本動物民俗誌

中村禎里
小松和彦 解説
1265円 537935-6

キツネ、クマ、ネコ、ヘビ、サカナ……日本人は動物とどのような関係を結んできたのか。民俗資料を渉猟し、その歴史と構造を明かす！

ティマイオス

プラトン
土屋睦廣 訳
1375円 538095-6

プラトン全著作の中で最大の影響力をもった著作。神による宇宙の製作とさまざまな自然学的理論を説く対話篇を初の文庫版で待望の新訳！

ブルーバックス　12月26日発売

みんなの高校地学
おもしろくて役に立つ、地球と宇宙の全常識

鎌田浩毅／蜷川雅晴
1430円 537797-0

地球46億年の歴史、地震のメカニズム、気候変動のからくり、日本列島の特徴、宇宙のしくみ……誰もが知っておきたい基礎教養を、この一冊で！

時間治療
病気になりやすい時間、病気を治しやすい時間

大塚邦明
1210円 537925-7

「朝」「月曜日」「冬」など、病気が生じやすい“魔の時間帯”はなぜ存在するのか？　体内時計や生体リズムに基づく最新医療を徹底紹介！

土と生命進化46億年史（仮）

藤井一至
1320円 537838-0

生命誕生も人類の繁栄も、全ては土から始まった。多くの謎に包まれている土の存在が、46億年の地球史と生物進化の壮大なストーリーを描き出す。

SF脳とリアル脳
可能なことと不可能なこと

櫻井　武
1100円 538174-8

記憶の書き換え、意識のデータ化、潜在能力の活性化……SFに描かれる「脳の未来」は実現するのか？　第一人者が大真面目に検証！

講談社現代新書 12月26日発売

睡眠の起源
金谷啓之
990円 537796-3

私たちはなぜ眠り、起きるのか？　脳をもたない生物ヒドラも眠るという新発見で世界を驚かせた気鋭の研究者が放つ極上の科学ミステリー！

超解読！ はじめてのフッサール『イデーン』
竹田青嗣／荒井　訓
1320円 538080-2

難解な哲学書をわかりやすく解説する「超解読」シリーズ最新刊。ヨーロッパ哲学最大の難問を解明した二十世紀哲学の最高峰をかみ砕く！

12月11日発売予定

庭の話
宇野常寛
3080円 537791-8

事物そのもの、問題自体との関係性を取り戻せ！　私たちにはSNSのプラットフォームの再構築＝「庭」に変えていくことが必要なのだ。

12月19日発売予定

昭和100年
古市憲寿
2310円 538032-1

万博、五輪、宇宙に夢を託した昭和。世界の万博跡地、原発遊園地、核実験博物館など近代の夢の跡を辿り、終わらない昭和を考える一冊。

首。内容に一定のまとまりはないが、過ぎゆく時間に対する哀惜と焦慮をうたったものが多い。おそらく五十代以後の晩年の作と思われる。ここには、四首を収める。第一首は、人生のはかなさを嘆き、快楽によってこの短い時間を充実させようと主張する。こうした人生観は、漢代の「古詩十九首」に特徴的であり、淵明もおそらくそれを意識している。ただ、同時に「地に落ちて兄弟と成る、何ぞ必ずしも骨肉の親のみならんや」という一種のオプティミズムが併存しているのも、いかにも淵明らしい。結びの「時に及んで当に勉励すべし、歳月は人を待たず」は、教訓的な成句として普及しているが、本来の意は「人生を存分に楽しめ」ということである。

人生無根蔕
飄如陌上塵○
分散随風転
此已非常身○
落地成兄弟
何必骨肉親○
得歓当作楽
斗酒聚比隣○

人生　根蔕《こんたい》無く
飄《ひょう》として陌上《はくじょう》の塵《ちり》の如《ごと》し
分散して風に随《したが》いて転じ
此《こ》れ已《すで》に常身《じょうしん》に非《あら》ず
地に落ちて兄弟《けいてい》と成る
何ぞ必ずしも骨肉の親《しん》のみならんや
歓《かん》を得ては当《まさ》に楽しみを作《な》すべし
斗《と》酒《しゅ》もて比隣《ひりん》を聚《あつ》めん

盛年不重来
一日難再晨◯
及時当勉励
歳月不待人◯

盛年《せいねん》　重《かさ》ねては来たらず
一日　再び晨《あした》なり難《がた》し
時に及んで当《まさ》に勉励《べんれい》すべし
歳月は人を待たず

【現代語訳】

人生にはしっかりした根がなく、さながら路上で舞い上がる塵だ。
風のまにまに飛ばされてゆき、常に変わらぬ姿というものがない。
生まれ落ちたらだれもが兄弟、何も血を分けた肉親に限らない。
うれしいときには楽しむがよい、酒をしつらえ隣近所を集めよう。
若いときはくり返しのきかぬもの、一日に朝は二度とは訪れない。
ここぞという折にこそ楽しもう、歳月は人を待ってくれないから。

■語釈

◯根蔕　草木の根と蔕。しっかりとつなぎ止めておくもの。◯飄　風にひるがえるさま。◯陌　みち。◯常身　常に変わらぬ一定の状態。◯落地成兄弟　『論語』顔淵篇に、「四海の内、皆な兄弟なり」とあり、李陵に与えた蘇武の詩（『文選』巻二十九）にも、「四海　皆な兄弟、誰か行路の人為らん」とある。◯斗酒　多量の酒、少量の酒という両説がある。◯及時　しかるべき時に。

其二　其の二

日が落ちて、月が昇り、すがすがしい光があまねく冴えわたる。この秋の夜、時間が静かに過ぎてゆく中で、より大きな季節という時間の推移が感じとられ、さらに長いスケールの人生の時間の流れがそこに重ねあわされる。小さな時間は、やがて大きな時間となって滔々《とうとう》と流れてゆき、それが人の心にいい知れぬ焦燥感をかきたてる。

白日淪西阿
素月出東嶺●
遙遙万里輝
蕩蕩空中景●
風来入房戸
夜中枕席冷●
気変悟時易
不眠知夕永●
欲言無予和

白日《はくじつ》　西阿《せいあ》に淪《しず》み
素月《そげつ》　東嶺《とうれい》に出《い》づ
遙遙《ようよう》たり　万里の輝き
蕩蕩《とうとう》たり　空中の景《ひかり》
風来たりて房戸《ぼうこ》に入《い》り
夜中《やちゅう》　枕席《ちんせき》冷《ひや》やかなり
気変じて時の易《かわ》るを悟《さと》り
眠らずして夕《ゆうべ》の永きを知る
言わんと欲《ほっ》するも予《われ》に和する無く

揮杯勧孤影●　杯《さかずき》を揮《ふる》いて孤影《こえい》に勧《すす》む
日月擲人去　日月　人を擲《なげう》ちて去り
有志不獲騁●　志《こころざし》有るも騁《は》するを獲《え》ず
念此懐悲悽　此《これ》を念《おも》いて悲悽《ひせい》を懐《いだ》き
終暁不能静●　暁《あかつき》を終《お》うるまで静かなる能《あた》わず

【現代語訳】
輝く太陽が西の山の端《は》に沈み、白い月が東の峰に姿を現わした。
はるばると万里を照らして、ひろびろと空中に満ちわたる月光。
そよ風が戸口からそっと忍び込み、夜もふけると夜具は冷たい。
外気の変化に時節の移りを感じ、眠れぬままに夜長の訪れを知る。
ものいおうにも相手とてなく、酒杯を挙げてわが影にすすめる。
月日は人を置き去りに過ぎゆき、志を抱きつつ伸ばすすべがない。
思いつづけると悲しみに胸ふさぎ、夜が明けるまで心安らがぬ。

■語釈
○白日　太陽。○西阿　西の山のくま。○素月　白い月。○蕩蕩　広く満ちわたるさま。○房戸　部屋の戸。○枕席　枕と敷物。○和　応答する。○揮杯　杯をさす。○騁　（志を）十分に伸ばす。○悲悽

―悲しい気持ち。

其五　其の五

この詩では、かつての若い日と今の自分を対比して、残り少ない時間を充実させて生きることのむずかしさを嘆息する。陶淵明はほとんど自分の過去について語らないが、この詩の冒頭では珍しく若い日の自身が回顧されている。しかし、それは衰えゆく生命の一コマとしての回想である。

憶我少壮時●　憶《おも》う　我が少壮《しょうそう》の時
無楽自欣予●　楽しみ無きも自《みずか》ら欣予《きんよ》す
猛志逸四海●　猛志《もうし》　四海《しかい》に逸《いっ》し
騫翮思遠翥●　翮《つばさ》を騫《あ》げて遠く翥《は》せんと思う
荏苒歳月頽●　荏苒《じんぜん》として歳月頽《くず》れ
此心稍已去●　此の心　稍《よう》や已《すで》に去る
値歓無復娯●　歓《かん》に値《あ》うも復《ま》た娯《たの》しみ無く
毎毎多憂慮●　毎毎《まいまい》　憂慮《ゆうりょ》多し

気力漸衰損　　気力　漸《ようや》く衰損《すいそん》し
転覚日不如●　　転《うた》た覚《おぼ》ゆ　日に如《し》かざるを
壑舟無須臾●　　壑舟《がくしゅう》　須臾《しゅゆ》無く
引我不得住●　　我を引きて住《とど》まるを得ざらしむ
前塗当幾許　　前塗《ぜんと》　当《まさ》に幾許《いくばく》ぞ
未知止泊処●　　未《いま》だ止《し》泊《はく》の処《ところ》を知らず
古人惜寸陰　　古人《こじん》　寸陰《すんいん》を惜《お》しむ
念此使人懼●　　此《これ》を念《おも》えば人をして懼《おそ》れしむ

【現代語訳】

思いおこせば若いころは、楽しいことがなくともおのずと楽しかった。
猛る心が世界の果てまであふれ出し、翼を羽ばたいて遠く飛び立とうとした。
だんだんと歳月が過ぎゆくうちに、そうした気持ちもしだいに消えてしまった。
喜ばしいことに出会っても楽しめず、いつも憂いで胸がいっぱいになっている。
気力は徐々に衰えてゆき、いつも、昨日よりだめだなという気がする。
谷間に隠した舟がたちまち盗まれたように、時はわたしを容赦なくせきたてる。
残された時間はいくらもあるまいに、これから行き着く先も見えぬままだ。

昔の人はわずかな時も惜しんだもの、そう考えると恐ろしくなってしまう。

■語釈

○欣予　楽しむ。○猛志　激しい思い。○四海　大地を取り囲む四方の海。○騫　高く翼を上げる。○荏苒　時間がしだいに過ぎてゆくさま。畳韻の語。○頽　時間が崩れて消えてゆく。○毎毎　つねづね。○日不如　一日一日が前の日に及ばない。○壑舟　舟を壑（たに）に隠す。『荘子』大宗師篇に見える故事にもとづく。ある人が舟を谷間に隠し、安心していたが、夜中に強力の盗人が持ち去ってしまった。人間の浅はかな知恵を笑うたとえ話。○前塗　将来の時間。塗は、途に同じ。○寸陰　わずかの時間。

其六　其の六

年寄りの小言や愚痴が若者に嫌われるのは、今も昔も同じこと。だが、自分も年をとって、ふと気づいてみれば、かつて煙たがっていた老人たちと同じことをやっている。この人間の営みの滑稽さを実感する人は多かろうが、それを文学に描き出した中国の詩人は、おそらく陶淵明が最初である。覚めた人間観察者の眼をここにも感ずる。末尾に見られる快楽の宣言は、「形影神」第一首の趣に通ずる陶淵明の人生観の一面を代表している。

昔聞長老言●　昔　長老の言《げん》を聞けば
掩耳毎不喜　耳を掩《おお》いて毎《つね》に喜ばず
奈何五十年●　奈何《いかん》ぞ　五十年
忽已親此事　忽《たちま》ち已《すで》に此の事に親《した》しむ
求我盛年歓●　我が盛年《せいねん》の歓《かん》を求むるは
一毫無復意　一毫《いちごう》も復《ま》た意無し
去去転欲速●　去り去りて転《うた》た速《すみや》かならんと欲《ほっ》し
此生豈再値　此の生　豈《あ》に再び値《あ》わんや
傾家時作楽●　家を傾けて時に楽しみを作《な》し
竟此歳月駛　此の歳月の駛《は》するを竟《お》えん
有子不留金●　子有るも金を留《とど》めず
何用身後置　何ぞ身後《しんご》の置《ち》を用《もち》いん

【現代語訳】

むかし年寄りの小言を聞くと、いつも耳をふさいで不機嫌になったものだ。なんたることか五十になってみれば、いつの間にか自分が同じことをしている。

若いころの楽しみをいま一度求めようとは、もはやさらさら思いもしない。時間はいよいよ速く過ぎてゆき、この人生にはもうくり返しがきかない。家財をはたいて今こそ歓楽を尽くし、この慌《あわただ》しい歳月の流れを過ごそう。子どもはあっても金は残さない、死後のことまで処置する必要がどこにある。

■語釈
○長老　年とった人。○奈何　どういうわけか。○一毫　少しも。○去去　時間がどんどん過ぎ去る。○傾家　全財産をはたいて。あるいは家中こぞっての意にも解しうる。○時　しかるべき時に。「持」に作るテクストもある。○駛　文字どおりには、馬が走る。馬が疾走するように時間が速く過ぎること。○身後　自分の死後。○置　はからう。処置する。

形影神　并序　形影神《けいえいしん》　并びに序

肉体（形）と影と精神（神）との問答という奇抜な発想によって、生死の問題を論ずる。三者がそれぞれ陶淵明の考えの一面ずつを代表している。三者の対話形式を枠組みとする文学作品は、漢の司馬相如《しょうじょ》の「子虚・上林の賦」など古くからあるが、三つの分身を設定して自己の内面を語らせるという構想は、淵明以前にその例を見いだしがたい。まず、酒による憂いの解消を説く肉体と、善行による死後の名の確立を説く影の対立という形で議論が展開し、最後に精神が両者を制しつつ、生命の変化のままに身を委ねて生きる達観の哲学を主張して、結論とする。しかし、これで問題が解決したわけではなく、三者の考えはそのまま淵明の中で無限のサイクルにわたる反復をくり返していたにちがいない。陶淵明の詩集には三つの立場のそれぞれに相似した死生観が随所に見えており、その意味で、この作品は陶淵明文学の一種の縮図であるとさえいえるかもしれない。

貴賤賢愚《きせんけんぐ》、営営《えいえい》として以て生を惜《お》しまざるは莫《な》し、斯《こ》れ甚《はなは》だ惑《まど》えり。故《ゆえ》に極《きわ》めて形《けい》と影《えい》の苦しみを陳《の》べ、神《しん》の自然を弁《べん》じて以て之《これ》を釈《と》くを言う。好事《こうず》の君子《くんし》、共に其の心を取れ。

【現代語訳】

貴賤も賢愚も、みなあくせくと命を惜しまぬ者はない。これは大きな惑いだ。そこで肉体と影の苦しみを存分に述べた上で、精神が自然の生きかたを弁じて両者の悩みを解消させることとした。関心をお持ちの方は、どうか意のあるところを汲み取られんことを。

■語釈

○営営　あくせくするさま。『列子』天瑞篇に、「吾又安んぞ営営として生を求むるの惑いに非ざるを知らんや」とある。○極陳　十分に述べつくす。○自然　拘束されない、自然の流れに任せた生きかた。○好事　関心を持つ。

形贈影　形《かたち》　影《かげ》に贈《おく》る

天地長不没　天地《てんち》　長く没《ぼっ》せず
山川無改時○　山川《さんせん》　改《あらた》まる時無し
草木得常理　草木《そうもく》　常理《じょうり》を得《え》て
霜露栄悴之○　霜露《そうろ》　之《これ》を栄悴《えいすい》せしむ
謂人最霊智　人は最《もっと》も霊智《れいち》なりと謂《い》うも
独復不如茲○　独《ひと》り復《ま》た茲《か》くの如《ごと》からず
適見在世中　適《さき》ごろ世の中に在りと見て
奄去靡帰期○　奄《たちま》ち去って帰る期《とき》靡《な》し
奚覚無一人　奚《なん》ぞ覚《さと》らん一人の無きを
親識豈相思○　親識《しんしき》も豈《あ》に相《あ》い思わんや
但余平生物　但《た》だ平生の物を余《あま》せるのみ
挙目情悽洏○　目を挙《あ》ぐれば情は悽洏《せいじ》たり
我無騰化術　我に騰化《とうか》の術《じゅつ》　無ければ

必爾不復疑○　　必ず爾《しか》らんこと復《ま》た疑わず
願君取吾言○　　願《ねが》わくは君　吾が言《げん》を取り
得酒莫苟辞　　酒を得《え》ば　苟《いやしく》も辞する莫《な》かれ

【現代語訳】

天地はとこしえに滅びることなく、山川には相貌を変える時がない。
草木は不変のことわりを身に着けて、霜に萎《しお》れ春の露が花を咲かせる。
人は万物の霊長といわれながら、ひとりこれらとは違っている。
さっきこの世にいると見えたのに、ふと消えてしまうと二度と帰ってこない。
人一人がいなくなっても誰が気づこう、親戚知友とて思い出しはしない。
ただ平生の遺愛の品がのこるだけで、それを見つめていると心が痛む。
わたしには登仙の術の心得もないから、きっとそうなることは疑いない。
どうか「影」君、わたしのことばを汲み取って、酒を手にしたら辞退なさるな。

■語釈

○常理　長く変わらぬ道理。○栄悴　花が咲き、しぼむ。○謂人最霊智　『尚書』泰誓篇に、「惟れ人は万物の霊」とある。○適　やっと〜したばかり。○奚　「何」に同じ。○親識　親戚と知友。○平生物　死者が生前に用いていた品物。○挙目　目を挙げて見つめる。○悽洏　心痛むさま。○騰化術　仙人に身を変える術。○爾　「如此」の意で、死ぬことをいう。○苟　かりそめにも。

影答形　影《かげ》　形《かたち》に答《こた》う

存生不可言　生《せい》を存《そん》するは言う可《べ》からず
衛生毎苦拙●　生を衛《まも》るも毎《つね》に拙《せつ》なるに苦しむ
誠願遊崑華　誠《まこと》に崑華《こんか》に遊ばんと願うも
邈然茲道絶●　邈然《ばくぜん》として茲《こ》の道絶《た》えたり
与子相遇来　子《し》と相《あ》い遇《あ》いしより来《こ》のかた
未嘗異悲悦●　未《いま》だ嘗《かつ》て悲悦《ひえつ》を異《こと》にせず
憩蔭若暫乖　蔭《かげ》に憩《いこ》えば暫《しばら》く乖《へだ》たるが若《ごと》きも
止日終不別●　日に止《とど》まれば終《つい》に別れず
此同既難常　此の同　既《すで》に常《つね》なり難《がた》し
黯爾倶時滅●　黯爾《あんじ》として倶《とも》に時に滅《ほろ》ぶ
身没名亦尽　身没《ぼっ》すれば名も亦《ま》た尽《つ》く
念之五情熱●　之《これ》を念《おも》えば五情《ごじょう》熱す
立善有遺愛　善を立つれば遺愛《いあい》有らん

胡為不自竭●　胡為《なんす》れぞ自《みずか》ら竭《つ》くさざる
酒云能消憂●　酒は能《よ》く憂《うれ》いを消すと云《い》うも
方此詎不劣●　此《これ》に方《くら》ぶれば詎《なん》ぞ劣《おと》らざらん

【現代語訳】

いつまでも生きられぬのはもちろんだが、命を守ることさえへたくそで困ったもの。
崑崙山《こんろんさん》や華山《かざん》の仙境に遊びたいとは願うが、そのあてもなく道は閉ざされたままだ。
「形」君と出会ってからこのかた、いつも喜び悲しみをともにしてきた。
日陰で休むときは離れているようでも、日なたに出ればいつもいっしょだ。
だが、ずっといっしょにいるのはむずかしく、いずれは闇にともに消えてしまう。
身がなくなれば名もまた消え去る、それを思うと居ても立ってもおれぬ気持ちさ。
善行を立てれば遺徳がのころう、そこへ向けてせいぜい努力することだよ。
酒で憂いを消せはしようが、これに比べればつまらぬことじゃないか。

■語釈

○存生　永く生命を保つ。○衛生　生命を守りぬく。○崑華　崑崙山と華山で、神仙の住む聖地。○邈然　はるかで、とりとめのないさま。○子　二人称の代名詞。この場合は「形」を指す。○黯爾　暗いさま。○五情　喜怒哀楽怨の五つの感情。○立善　善行を確立する。○遺愛　人の遺した徳が死後にまで慕われること。○胡為　「何為」に同じ。どうして。○自竭　自ら力を尽くして努力する。○方此

「方」は、比較する。「此」は、「立善」を指す。

神釈　神《しん》の釈《しゃく》

大鈞無私力　大鈞《たいきん》　私力《しりょく》無く
万理自森著●　万理《ばんり》　自《おの》ずから森《おごそ》かに著《あら》わる
人為三才中　人　三才《さんさい》の中《ちゅう》と為《な》るは
豈不以我故●　豈《あ》に我を以ての故《ゆえ》ならずや
与君雖異物　君と異物《いぶつ》なりと雖《いえど》も
生而相依附●　生まれながらにして相《あ》い依附《いふ》す
結托既喜同　結托《けったく》して既《すで》に同じきを喜べば
安得不相語●　安《いず》くんぞ相い語らざるを得ん
三皇大聖人　三皇《さんこう》は大聖人なるも
今復在何処●　今復《ま》た何処《いずこ》にか在る
彭祖愛永年　彭祖《ほうそ》は永年《えいねん》を愛するも
欲留不得住●　留《とど》まらんと欲《ほっ》して住《とど》まるを得ず

老少同一死　　老少《ろうしょう》　一死《いっし》を同《おな》じくし
賢愚無復数●　　賢愚《けんぐ》　復《ま》た数《かぞ》うる無し
日酔或能忘　　日に酔えば或《あ》るいは能《よ》く忘れんも
将非促齢具●　　将《は》た齢《よわい》を促《うなが》すの具《ぐ》に非《あら》ずや
立善常所欣　　善を立つるは常に欣《よろこ》ぶ所なるも
誰当為汝誉●　　誰《たれ》か当《まさ》に汝《なんじ》が誉《ほま》れを為《な》すべき
甚念傷我生　　甚《はなは》だ念《おも》えば我が生を傷《そこな》わん
正宜委運去●　　正《まさ》に宜《よろ》しく運に委《ゆだ》ね去るべし
縦浪大化中　　大化《たいか》の中に縦浪《しょうろう》し
不喜亦不懼●　　喜ばず亦《ま》た懼《おそ》れず
応尽便須尽　　応《まさ》に尽《つ》くべくんば便《すなわ》ち須《すべか》らく尽《つ》きしむべし
無復独多慮●　　復た独《ひと》り多く　慮《おもんぱか》る無かれ

【現代語訳】
造物主にはえこひいきがなく、もろもろの道理はおごそかにあらわれる。
人が天地のまん中に位するのは、この「精神」というわたしあってじゃないか。

君たちとは別種の存在ながら、生まれたときから助けあってきた。
いっしょに楽しくやってきたからこそ、ここで黙っているわけにはゆかぬ。
かのいにしえの三皇《さんこう》は大聖人だが、いまはいったいどこにおわすのやら。
仙人彭祖《ほうそ》は長生を慕ったが、この世に留まろうとして果たせなかった。
老いも若きもみなひとしく死に、賢人と愚者にもわけへだてはない。
毎日酔っていれば憂いは忘れられても、それは命にかんなをかけるようなもの。
善行を立てるのは願わしいことだが、誰がそれを褒《ほ》めてくれるというのか。
思いつめるのはわが生命を損なうもと、運命のままに任せることこそ肝心だ。
大きな変化の波の間《ま》に間《ま》にただよって、喜びもせずまた恐れもしない。
命が尽きるなら尽きるに任せ、なにも一人であれこれ思い悩むことはない。

■語釈
○**大鈞**　万物を造り出す大きなろくろ。造物主にたとえる。○**私力**　えこひいき。○**万理**　ありとあらゆる道理。○**森著**　おごそかにあらわれる。○**三才**　天・地・人をあわせて「三才」といい、人は天と地の中間に位置する。○**豈不以我故**　人が天地の中心にあるのは、「神」（心）あってのゆえとする考え。『礼記』礼運篇に、「人は天地の心なり」とある。○**異物**　別の存在。○**依附**　よりそい、頼る。○**結托**　結びつく。○**三皇**　太古の三人の帝王、伏羲・神農・黄帝。そのほか、諸説がある。○**彭祖**　太古の仙人。八百歳の長寿を保ったといわれる。○**無復数**　数えたてるほどのことはない。○**能忘**　酒は「忘憂の物」といわれる（三四頁）。○**将非**　～じゃないか。○**促齢具**　命を縮める手段。○**委運去**　運

―命のままに委ねる。○縦浪　気ままに任せただよう。○大化　生命の大きな変化。『列子』天瑞篇によれば、人の生涯には、幼少期・少壮期・老年期・死という四つの「大化」がある。

挽歌詩　三首　挽歌の詩　三首

「挽歌」は、死者の柩《ひつぎ》を載せた車を「挽《ひ》」く者がうたう野辺の送りの歌。最も古い挽歌は、漢代の作品で、人の生命のはかなさと死への怕《おそ》れをうたう、悲嘆に満ちたものである。魏晋のころには、それに倣った文人の挽歌が作られ、おおむね三首連作の形をとって、納棺・葬送・埋葬の情景を三首に振り分けて描写しつつ、死者の立場から死に対する感慨を述べる。『文選』に収められる晋の陸機（二六一～三〇三）の「挽歌の詩」はその代表的なもので、死者の身になりかわって、死の世界をリアルに描き出している。陶淵明の「挽歌の詩」は、直接にはこの陸機の作品の趣を受け継ぎながら、ほかならぬ自分の死を想定する立場に立って、死後の自分の姿と、自分の死をめぐる周囲の人々の反応をありありと描写し、冷静に死の意味を考えようとしている。自らの死を追悼した「自祭文」との関連が深いが、死についてしきりに思索をめぐらすようになった晩年の作と想像される以外に、制作の時期は定かでない。第三首は、『文選』にも採られている。詩題を「擬挽歌辞」とするテクストもある。

其一　其の一

有生必有死　生《せい》有れば必ず死《し》有り

早終非命促●　早く終《お》うるも命《めい》の促《みじか》きに非《あら》ず

昨暮同為人　昨暮《さくぼ》　同じく人為《た》りしに

今旦在鬼録●　今旦《こんたん》　鬼録《きろく》に在り

魂気散何之　魂気《こんき》　散じて何《いず》くにか之《ゆ》く

枯形寄空木●　枯形《こけい》　空木《くうぼく》に寄《よ》す

嬌児索父啼　嬌児《きょうじ》　父を索《もと》めて啼《な》き

良友撫我哭●　良友《りょうゆう》　我を撫《ぶ》して哭《こく》す

得失不復知　得失《とくしつ》　復《ま》た知らず

是非安能覚●　是非《ぜひ》　安《いず》くんぞ能《よ》く覚《さと》らんや

千秋万歳後　千秋万歳《せんしゅうばんさい》の後《のち》

誰知栄与辱●　誰《たれ》か栄《えい》と辱《じょく》とを知らん

但恨在世時　但《た》だ恨《うら》むらくは　世に在《あ》りし時

飲酒不得足●

酒を飲むこと足《た》るを得《え》ざりしを

【現代語訳】

生があれば必ず死があるもの、早死にしたとて命数が縮まったのではない。
昨夜まではともに生身の人だったのに、今朝はあの世の戸籍に名が載っている。
わが魂は散り失せてどこにゆくのか、枯れはてた身をうつろな棺にゆだねて。
いとし子は父を求めて泣きじゃくり、親友はわたしを撫《な》でつつ声をつまらせる。
人生の得失などもはや関知せず、是非がどうあろうと知ったことではない。
千年も万年ものちの世になって、名誉や恥辱がどうのと誰も分かりはしない。
ただ悔しくてならぬのは生きていたとき、心ゆくまで酒の飲めなかったことだ。

■語釈

○早終　早く死ぬ。○促　縮まる、早まる。○鬼録　死者の名簿。「鬼」は、亡者。○魂気　たましい。人が死ぬと、肉体は土に帰し、魂は身を離れて四散すると考えられた。○枯形　しかばねをいう。○空木　棺桶のこと。○嬌児　愛らしい子。○哭　声を上げて泣く。死者に対する礼の作法である。○得失　次の句の「是非」とともに、この世に生きていた間の行動についていう。○千秋万歳後　魏の阮籍「詠懐詩」其の十五に、「千秋万歳の後、栄名安（いず）くに之（ゆ）く所ぞ」とあるのが意識されていよう。

其二　其の二

在昔無酒飲
今但湛空觴○
春醪生浮蟻
何時更能嘗○
殽案盈我前
親朋哭我傍○
欲語口無音
欲視眼無光○
昔在高堂寝
今宿荒草郷○
一朝出門去
帰来良未央○

在昔《むかし》　酒の飲む無く
今は但《た》だ空觴《くうしょう》に湛《たた》う
春醪《しゅんろう》　浮蟻《ふぎ》を生《しょう》じ
何時《いつ》か更《さら》に能《よ》く嘗《な》めん
殽案《こうあん》　我が前に盈《み》ち
親朋《しんぽう》　我が傍《そば》に哭《こく》す
語らんと欲《ほっ》するも口に音《おと》無く
視《み》んと欲《ほっ》するも眼《め》に光無し
昔は高堂の寝《しん》に在《あ》りしに
今は荒草《こうそう》の郷《きょう》に宿《しゅく》す
一朝《いっちょう》　門《もん》を出《い》でて去れば
帰来《きらい》　良《まこと》に未《いま》だ央《つ》きず

【現代語訳】

昔は飲むべき酒がなかったのに、今では飲めない杯に酒が満ちている。
春の濁り酒には泡粒が浮いている、いつまた飲めるあてもないのに。
肴《さかな》の膳が前にずらりと並べられ、親戚や友人がわが傍《かたわ》らで泣いている。
ものいおうとしても口から声は出ず、見ようとしても眼に光はない。
以前は屋敷のねやで寝ていたのに、今では雑草の茂る地が住みかだ。
ひとたび家門を出てしまえば、帰れるときはもう決して来ないのだ。

■語釈

○在昔　二字で「むかし」の意。酒のことから説き起こされるこの句は、其の一が飲酒のことで結ばれるのを承けている。○湛　たっぷりと満ちる。○空觴　手に取る人のない杯。からの杯ではない。○春醪　春に飲むために醸した濁り酒。○浮蟻　酒に浮く泡粒。○殽案　酒のさかなを載せた食膳。○親朋　親戚と朋友。○高堂　文字どおりには、りっぱな屋敷。○寝　寝室。○荒草郷　雑草の生い茂る土地。○一朝　一旦というに同じ。○未央　帰るときがいつとも知れず、あてにならないこと。

其三　其の三

荒草何茫茫　荒草《こうそう》　何ぞ茫茫《ぼうぼう》たる

白楊亦蕭蕭　白楊《はくよう》　亦《ま》た蕭 蕭《しょうしょう》たり

厳霜九月中
送我出遠郊○
四面無人居
高墳正嶕嶢○
馬為仰天鳴
風為自蕭条○
幽室一已閉
千年不復朝○
千年不復朝
賢達無奈何○
向来相送人
各自還其家○
親戚或余悲
他人亦已歌○
死去何所道
託体同山阿○

厳霜《げんそう》　九月中《くがつちゅう》
我を送りて遠郊《えんこう》に出《い》づ
四面《しめん》　人居《じんきょ》無く
高墳《こうふん》　正《まさ》に嶕《しょうぎょう》　嶢たり
馬は為《ため》に天を仰いで鳴き
風は為《ため》に自《おの》ずから蕭《しょうじょう》　条たり
幽室《ゆうしつ》　一たび已《すで》に閉《と》ずれば
千年　復《ま》た朝《あした》ならず
千年　復《ま》た朝《あした》ならず
賢達《けんたつ》も奈何《いかん》ともする無し
向来《さきごろ》　相《あ》い送《おく》る人は
各自《かくじ》　其の家に還《かえ》る
親戚《しんせき》　或《ある》いは悲しみを余《あま》すも
他人は亦た已《すで》に歌わん
死し去れば何の道《い》う所ぞ
体《たい》を託《たく》して山阿《さんあ》に同じからん

【現代語訳】

雑草はきわみなく生い茂り、はこやなぎもざわざわと寂しげに鳴る。
霜の厳しく降りた九月のある日、わたしを送って遠く郊外に出る。
あたりには人家とてなく、高い土盛りの墓だけがそびえ立っている。
馬はわがために天を仰いで鳴き、風はわがためにわびしげに吹く。
奥深い墓室がひとたび閉じれば、千年のちまでもう朝は訪れない。
千年のちまで朝が訪れないのは、賢人達士とていかんともしがたい。
さっきわたしを送ってきた人たちは、それぞれ自分の家に帰っていく。
親戚はまだ悲しんでいるかもしれぬが、他人にははや鼻歌うたう者もあろう。
死んでしまえばなにもいうことはない、この身をあずけて山の土と化そう。

■語釈

○茫茫　果てしなく続くさま。「茫茫」たる「荒草」の描写で詩が始まるのは、其の二が「荒草」の場面で終わった後を承けている。○白楊　はこやなぎ。墓場に植えられる木。○蕭蕭　木の枝がもの寂しく風に鳴るさま。○高墳　高く土を盛った墓。○嶕嶢　高くそびえるさま。○蕭条　風が寂しく吹くさま。○幽室　奥深い部屋。墓穴をいう。○千年不復朝　永遠に闇に閉ざされること。同じ句が反復されて、脚韻もここで換わり、場面が転換する。○向来　これまで。○亦已歌　喪中は音楽に親しまないのが礼の定め。他人は喪に服さないから、その規定に拘束されない。○山阿　山のくま。墓をいう。

陶淵明年譜

興寧三年（三六五）生まれる。父の名は不明。曽祖父は晋の大司馬陶侃《とうかん》といわれる。母は孟《もう》嘉《か》の第四女。潯陽柴桑《じんようさいそう》（江西省九江市の西南）の出身。

太和三年（三六八）四歳。妹生まれる。のち程氏に嫁した。

太元八年（三八三）十九歳。南侵した前秦苻堅の大軍を、十一月、晋軍、淝水《ひすい》の戦いで破る。

太元十八年（三九三）二十九歳。はじめて出仕して江州祭酒となるが、まもなく辞任。のち州の主簿に召されたが、就任せず。

太元十九年（三九四）三十歳。このころ最初の妻を亡くす。

隆安三年（三九九）三十五歳。このころ鎮軍将軍劉牢之の参軍となる。

元興元年（四〇二）三十八歳。桓玄《かんげん》、クーデターにより都建康を制圧。翌年、楚王と称する。

元興三年（四〇四）四十歳。劉裕、桓玄を討ち、滅ぼす。一説に劉の幕下に加わったともいう。

義熙元年（四〇五）四十一歳。建威参軍となり、都に使いする。八月、彭沢《ほうたく》県の令となるが、十一月、辞任して郷里柴桑に帰る。程家に嫁した妹死去。「帰去来の辞」。

義熙二年（四〇六）四十二歳。「園田の居に帰る」五首。「飲酒」二十首はこの年以後か。

義熙三年（四〇七）四十三歳。「程氏の妹を祭る文」。

義熙十一年（四一五）五十一歳。詩人顔延之とはじめて相知り、交わりを結ぶ。

義熙十三年（四一七）五十三歳。劉裕、北伐して後秦を滅ぼす。このころ著作佐郎に召されるが、就任せず。

永初元年（四二〇）五十六歳。六月、劉裕、晋を簒奪して国を興し、宋と号する。

永初三年（四二二）五十八歳。劉裕死す。

元嘉四年（四二七）六十三歳。「自ら祭る文」。郷里に死す。靖節《せいせつ》先生と号される。

KODANSHA

本書の原本は、一九九八年に『風呂で読む　陶淵明』として
世界思想社より刊行されました。

興膳　宏（こうぜん　ひろし）

1936-2023年。京都大学大学院文学研究科中国語学・中国文学専攻博士課程修了。専攻は中国文学。文学博士。京都大学教授，京都国立博物館長，東方学会理事長などを歴任。京都大学名誉教授。学士会員。文化功労者。著書に『中国の文学理論』『中国名文選』『中国詩文の美学』『杜甫』など多数。訳書に『文選』『荘子』（いずれも共訳）など多数。

講談社学術文庫

定価はカバーに表示してあります。

陶淵明《とうえんめい》

興膳《こうぜん》　宏《ひろし》

2024年12月10日　第1刷発行

発行者　篠木和久
発行所　株式会社講談社
東京都文京区音羽2-12-21　〒112-8001
電話　編集（03）5395-3512
販売（03）5395-5817
業務（03）5395-3615
装　幀　蟹江征治
印　刷　株式会社ＫＰＳプロダクツ
製　本　株式会社国宝社
本文データ制作　講談社デジタル製作

ISBN978-4-06-537649-2

「講談社学術文庫」の刊行に当たって

これは、学術をポケットに入れることをモットーとして生まれた文庫である。学術は少年の心を養い、成年の心を満たす。その学術がポケットにはいる形で、万人のものになることは、生涯教育をうたう現代の理想である。

こうした考え方は、学術を巨大な城のように見る世間の常識に反するかもしれない。また、一部の人たちからは、学術の権威をおとすものと非難されるかもしれない。しかし、それはいずれも学術の新しい在り方を解しないものといわざるをえない。

学術は、まず魔術への挑戦から始まった。やがて、いわゆる常識をつぎつぎに改めていった。学術の権威は、幾百年、幾千年にわたる、苦しい戦いの成果である。こうしてきずきあげられた城が、一見して近づきがたいものにうつるのは、そのためである。しかし、学術の権威を、その形の上だけで判断してはならない。その生成のあとをかえりみれば、その根は常に人々の生活の中にあった。学術が大きな力たりうるのはそのためであって、生活をはなれた学術は、どこにもない。

開かれた社会といわれる現代にとって、これはまったく自明である。生活と学術との間に、もし距離があるとすれば、何をおいてもこれを埋めねばならない。もしこの距離が形の上の迷信からきているとすれば、その迷信をうち破らねばならぬ。

学術文庫は、内外の迷信を打破し、学術のために新しい天地をひらく意図をもって生まれた。文庫という小さい形と、学術という壮大な城とが、完全に両立するためには、なおいくらかの時を必要とするであろう。しかし、学術をポケットにした社会が、人間の生活にとってより豊かな社会であることは、たしかである。そうした社会の実現のために、文庫の世界に新しいジャンルを加えることができれば幸いである。

一九七六年六月　　野間省一

中国の古典

451
宇野哲人《うのてつと》著（序文・宇野精一）
論語新釈

「宇宙第一の書」といわれる『論語』は、人生の知恵を滋味深く語ったイデオロギーに左右されない不滅の古典として、今なお光芒を放つ。本書は、中国哲学の権威が詳述した、近代注釈の先駆書である。

594
宇野哲人全訳注（解説・宇野精一）
大学

修己治人、すなわち自己を修練してはじめてよく人を治め得る、とする儒教の政治目的を最もよく組織的に論述した経典。修身・斉家・治国・平天下は真の学問の修得を志す者の熟読玩味すべき哲理である。

595
宇野哲人全訳注（解説・宇野精一）
中庸《ちゅうよう》

人間の本性は天が授けたもので、それを〝誠〟で表し、「誠は天の道なり。これを誠にするは人の道なり」という倫理道徳の主眼を、首尾一貫、渾然たる哲学体系にまで高め得た、儒教第一の経典の注釈書。

742
洪自誠《こうじせい》著／中村璋八・石川力山訳注
菜根譚《さいこんたん》

儒仏道の三教を修めた洪自誠の人生指南の書。菜根とは粗末な食事のこと。そういう逆境に耐えてこそこの世を生きぬく真の意味がある。人生の円熟した境地、老獪極まりない処世の極意などを縦横に説く。

1283
浅野裕一著
孫子

人間界の洞察の書『孫子』を最古史料で精読。春秋時代末期に書かれ、兵法の書、人間への鋭い洞察の書として名高い『孫子』を新発見の前漢末の竹簡文をもとに解読。組織の統率法や人間心理の綾など詳細に説く。

1319
浅野裕一著
墨子

博愛・非戦を唱え勢力を誇った墨子を読む。中国春秋末、墨子が創始した墨家は、戦国末まで儒家と思想界を二分する。兼愛説を掲げ独自の武装集団も抱えたが秦漢期に絶学、二千年後に脚光を浴びた思想の全容。

中国の古典

1692
呂氏春秋
町田三郎著

秦の宰相、呂不韋《りょふい》が作らせた人事教訓の書。始皇帝の宰相、呂不韋と賓客三千人が編集した『呂氏春秋』は天地万物古今の事を備えた大作。天道と自然に従い人間行動を指示した内容は中国の英知を今日に伝える。 電P

1824
孝経
加地伸行全訳注

大文字版

この小篇は単に親孝行を説く道徳書ではない。中国人の死生観・世界観が凝縮されている。『女孝経』「法然上人母へのことば」など中国と日本の資料も併せ、精神的紐帯としての家族を重視する人間観を分析する。

1899
十八史略
竹内弘行著

神話伝説の時代から南宋滅亡までの中国の歴史を一冊に集約。韓信、諸葛孔明、関羽ら多彩な人物が躍動し、権謀術数が飛び交い、織りなされる悲喜劇――。簡潔な記述で面白さ抜群、中国理解のための必読書。 電P

1962
論語　増補版
加地伸行全訳注

人間とは何か。溟濛の時代にあって、人はいかに生くべきか。儒教学の第一人者が『論語』の本質を読み切り、独自の解釈、達意の現代語訳を施す。漢字一字から検索できる「手がかり索引」を増補した決定新版！

2010
倭国伝　中国正史に描かれた日本　全訳注
藤堂明保・竹田　晃・影山輝國訳注

古来、日本は中国からどう見られてきたか。漢委奴国王金印受賜から遣唐使、蒙古襲来、勘合貿易、倭寇、秀吉の朝鮮出兵まで。中国歴代正史に描かれた千五百年余の日本の姿を完訳する、中国から見た日本通史。 電P

2058
荘子　内篇
福永光司著

中国が生んだ鬼才・荘子が遺した、無為自然を基とし人為を拒絶する思想とはなにか？　荘子自身の手によるとされる「内篇」を、老荘思想研究の泰斗が実存主義的に解釈。荘子の思想の精髄に迫った古典的名著。 電P

中国の古典

2451～2455
水滸伝（一）～（五）
井波律子訳

中国武侠小説の最大傑作にして「中国四大奇書」の一つ。北宋末の乱世を舞台に、好漢百八人が暴力・知力・胆力を発揮し、戦いを繰り広げながら、「梁山泊」へと集結する！　勢いのある文体で、完全新訳！

2476
顔氏家訓
顔之推著／林田愼之助訳

王朝の興亡が繰り返された乱世の古代中国を生き抜いた名門貴族が子孫に書き残した教えとは。家族の在り方、教育、養生法、仕事、死をめぐる態度まで、人生のあらゆる局面に役立つ英知が現代語で甦る！

2534
孟子　全訳注
宇野精一訳注

王の正しいあり方、人として心がけること、なしてはならぬこと、理想の国家、性善説――『大学』『中庸』『論語』と並び「四書」の一つとされ、儒教の教えの根幹を現代まで伝える必読書を、格調高い現代語訳で。

2539
老子　全訳注
池田知久訳注

無為自然、道、小国寡民……。わずか五四〇〇字に込められた、深遠なる宇宙論と政治哲学、倫理思想と養生思想は今なお示唆に富む。二〇〇〇年以上読みつがれる大古典の全訳注。根本経典を達意の訳文で楽しむ。

2589
説苑《ぜいえん》
劉《りゅう》向《きょう》著／池田秀三訳注

前漢の大儒・劉向の編纂になり、皇帝の教育用の書として作られた故事説話集の全訳が文庫に。本書には精選された九十五を収録。「君子の徳は風」「忠臣は君に殉ぜず」など、君と臣のあり方や、身の処し方を説く。

2642
貞観政要　全訳注
呉兢著／石見清裕訳注

唐王朝最盛期を築いた名君と謳われる太宗が、自らの統治の是非について臣下と議論を交わし、時に痛烈な諫言を受け入れた様を描く不朽の「帝王学」。平明な全文訳と、背景となる中国史がわかる解説による決定版。

中国の古典

2733
本田 済訳
韓非子 全現代語訳

人間は利のために動く。君臣の間に愛はない。徹底した現実主義的人間観に基づく実践的君主論にして、春秋戦国の乱世下に法家が磨き上げた統治思想の極致。鋭い人間洞察が時を超えて突き刺さる、不滅の君主論！ 電P

2781
張源・許次紓著／岩間眞知子訳注
明代二大茶書 **張源『茶録』・許次紓『茶疏』** 全訳注

『茶経』に次ぐ重要茶書二冊の全訳注。文庫訳し下ろし。煎茶道や中国茶道の起源がここにある。茶葉の選び方から飲み方までの実践的指南書。豊富な図版と丁寧な解説を付す。愛好家の必携書！ 電P

2783
曹操著／渡邉義浩訳
魏武注孫子

千八百年受け継がれた兵法の「スタンダード」、そのテキストは「三国志」の曹操が校勘したものだった。英傑たちが戦場において孫子の思想をいかに具体化させたかを分析する「実戦事例」を併載した、画期的全訳！ 電P

2787
興膳 宏／川合康三著
精選訳注 **文選**

中国文学の誕生とその進化を体現する、最古にして最大の詞華集「文選《もんぜん》」は、中国では科挙の模範とされ、日本では平安貴族の必読書、文章の手本となった。第一人者による充実した解説とともに全容を一望する。 電P

文学・芸術

1108
T・G・ゲオルギアーデス著／木村　敏訳
音楽と言語

音楽も言語も共同体の精神が産み出した文化的所産である。ミサ音楽を中心に、両者の根源的な結びつきと対決の歴史現象の根底にある問題を追究した音楽史の名著。ミサの作曲に示される西洋音楽のあゆみ。

1138
岡倉天心著／桶谷秀昭訳
英文収録　**茶の本**

ひたすらな瞑想により最高の自己実現をみる茶道。西洋文明に対する警鐘をこめて天心が綴った茶の文化への想いを、精魂こめた訳文によって復刻。東西の文明観を超えた日本茶道の神髄を読む。原著英文も収録。

1159
小西甚一著（解説・平井照敏）
俳句の世界　発生から現代まで

俳諧連歌の第一句である発句と、子規の革新以後の俳句を同列に論じることはできない。文学史の流れを見すえた鋭い批評眼で、俳句鑑賞に新機軸を拓いた不朽の書。俳句史はこの一冊で十分、と絶讃された名著。

1221
田中仙翁著
茶道《ちゃどう》の美学　茶の心とかたち

現代の茶人が説く流儀と作法を超えた茶の心。先人によって培われた茶道の妙境には、日本独自の美意識と精神性がこめられている。茶道の歴史的変遷と、茶室における所作の美を解説。現代人のための茶道入門。

1264
井上章一著
つくられた桂離宮神話

神格化された桂離宮論の虚妄を明かす力作。タウトに始まる〈日本美の象徴〉としての桂離宮神話。それが実は周到に仕組まれた虚構であったことを社会史の手法で実証した、サントリー学芸賞受賞の画期的論考。

1291
高島俊男著
李白と杜甫

飄逸と沈鬱――李・杜の全く異なる詩の境地。同時代を生き、同様に漂泊の人生を送った李白と杜甫。二人の生涯の折々の詩を味読し、詩形別に両者の作品を比較考察。李白と杜甫の詩を現代語訳で味わう試みの書。

《講談社学術文庫　既刊より》